길에서 길을 배우다

초판 1쇄 인쇄 | 2026년 4월 20일
초판 1쇄 발행 | 2026년 5월 4일

글 | 박상재

펴낸이 | 오세기
펴낸곳 | 도담소리
주   소 | 경기도 고양시 덕양구 꽃마을로 34, 1416호(DMC스타펠리스)
전   화 | 02)3159-8906
팩   스 | 02)3159-8905
이메일 | daposk@hanmail.net

편집디자인 : 공간디앤피

등록번호 | 제2017-000040호
ISBN 979-11-90295-58-1   43810

여행왕 김찬삼의 모험 이야기

길에서 을 배우다

글_박상재

도담소리

김찬삼은 우리나라가 가난하던 시절인 1958년부터 세계여행을 시작했다. 1958년 9월부터 북미, 중남미, 아프리카, 중동지역을 시작으로 160여 개국, 100여 민족, 2천여 가정과 우정을 나누며 대한민국을 세계에 알렸다. 그가 다닌 여행 길을 합산하면 지구를 32바퀴 돈 거리이고, 시간으로는 모두 14년에 해당한다. 그 때문에 사람들은 그를 '세계의 나그네'라고 부른다.

세계적인 여행가이자 탐험가인 김찬삼은 1963년 1월부터 1964년 8월까지 동남아시아, 서남아시아, 아프리카를 대상으로 제2차 세계여행을 했다. 그때 아프리카 가봉에서 '밀림의 성자'로 불리는 슈바이처를 만나 15일 간 봉사활동을 하고 카키색 반바지를 선물받기도 했다. 이어 1969년 12월부터 1970년까지 동남아시아, 남태평양의 여러 섬을 대상으로 제3차 여행을 했다. 이어 제4차 여행으로 1973년 11월부터 1974년 3월까지 남아메리카 아마존강 유역을 탐사했다. 제5차 여행은 1975년 12월부터 1976년 3월까지 서남아시아와 동부아프리카를 탐방했다. 제6차 여행은 1976년 7월부터 9월까지 북극을 돌아보고, 1977년 12월부터 이듬해 3월까지 제7차 세계여행을 남아메리카 에콰도르에 속하는 갈라파고스군도를 탐방했다. 제8차 여행은 1982년 7월부터 1983년 1월까지 중남미와 카리브섬을 탐방했다. 이어서 1983년 12월부터 이듬해 2월까지 제9차 여행으로 남아시아를 다녀왔고, 1984년 7월부터 9월까지 동남아시아로 제10차 여행을 다녀왔다. 1986년 12월부터 이듬해 3월까지 북부아프리카를 대상으로 제11차 세계여행, 1987년 12월부터 이듬해 2월까지 북중미를 대상으로 제12차 여행, 1989년 6월부터 9월까지 남부아프리카를 대상으로 제13차 세계여행, 1989년 12월부터 이듬해 2월까지 남극을 대상으로 제14차 세계여행, 1990년 7월부터 8월까지 동유럽을 대상으로 제15차 여행, 1991

년 1월부터 2월까지 인도를 대상으로 제16차 여행, 6월부터 8월까지 동유럽을 대상으로 제17차 여행, 1992년 3월부터 1993년 3월까지 중국, 인도, 중앙아시아 유럽을 탐방한 제18차 여행, 1995년 9월에 진행한 러시아 여행에 이르기까지 모두 20차에 걸쳐 진행되었다.

김찬삼은 일제 강점기인 1926년 6월 5일 황해도 신천에서 태어났다. 법관인 아버지의 직장을 따라 여덟살 때부터 인천에서 살았다. 그의 아버지는 법원 판사와 변호사, 대법관과 심계원장(감사원장) 등의 요직에 있으면서도 검소한 생활을 실천했다. 속옷을 꿰매 입고, 구멍난 양말을 꿰매 신었으며, 20대부터 면도기 한 대를 평생 사용하였다. 이런 영향으로 김찬삼도 평생 검소한 생활을 실천하였다.

김찬삼은 세계 방방곡곡을 찾아다니며 대한민국을 알리고, 우리 민요 「아리랑」을 홍보하는 일에도 앞장섰다. 그는 제18차 세계여행 때 인도와 튀르키예에서의 충돌 사고로 인해 언어장애를 겪고, 알츠하이머 병을 앓았다. 10년 가까이 고생하다 2003년 7월 2일 서울 동숭동 자택에서 별세하여 광주공원묘지에 영면하고 있다.

나는 이 글을 쓰기 위해 그가 말년에 살던 동숭동 집을 두 번이나 방문하여 그의 자취를 엿보았다. 여행기를 집필하던 2층 서재에 가서 책상 앞 의자에도 앉아 보았다. 그의 책상 앞에는 1963년 11월, 슈바이처 박사를 만나 함께 찍었던 사진이 말없이 지켜보고 있었다. 김찬삼 교수의 불굴의 의지와 모험정신은 이 책을 읽는 독자들에게 감동을 주어 인내심과 용기를 길러줄 것이다.

2026년 김찬삼 선생 탄생 100주년에
지은이 박상재

박사님! 저는 한국인 김찬삼입니다.

어려서부터 박사님을 존경해 왔으며 박사님을 제 인생의

등대로 삼고 있습니다.

박사님을 만나 가르침을 받고 싶습니다.

그리고 작은 힘이나마 환자들을 돌보는 데

보탬이 되고 싶습니다.

이곳 방기에서 출발해 브라자빌을 거쳐 11월 15일경에

박사님이 계시는 랑바레네에 도착할 예정입니다.

브라자빌의 우체국으로 회신을 해 주시면 매우 감사하겠습니다.

부디 방문을 허락해 주시고 만나뵐 때까지 건강하십시오.

1963년 10월

방기에서 김찬삼 올림

미스터킴!

당신의 편지는 잘 받았으며, 방문을 환영하오.

이곳은 여행하기 매우 어려운 곳이니

조심해서 여행하시오.

교통편도 많지 않을 것이니, 건강 조심하고

특히 사고를 당하지 않도록 조심하길 바라오.

슈바이처 씀

[차례]

1. 인천 앞바다의 꿈 ……………………………………… 9

2. 산 사나이와 그 아들 …………………………………… 19

3. 잔이 형의 사전서길 …………………………………… 27

4. 마르코 폴로와 세계지도 ……………………………… 31

5. 지리 교사의 꿈 ………………………………………… 37

6. 울릉도, 독도 탐방 ……………………………………… 44

7. 미국 유학 ……………………………………………… 54

8. 굶주림도 배움이 되는 길 ……………………………… 67

9. 이구아수폭포와 마추픽추, 그리고 모아이상 ………… 82

10. 책이 되어 돌아온 여행 ……………………………… 90

11. 사하라사막에 울려 퍼진 아리랑 …………………… 98

12. 밀림의 성자를 만나다 ……………………………… 105

13. 주황색 딱정벌레, 우정 2호 ………………………… 119

14. 영종도의 바다 언덕 ………………………………… 132

15. 끝나지 않은 여행 …………………………………… 138

16. 노년의 배낭, 다시 떠난 여로 ……………………… 148

17. 관을 세워 달라 ……………………………………… 159

** 김찬삼 선생 연보 …………………………………… 164

1. 인천 앞바다의 꿈

김찬삼이 처음으로 세상의 넓이를 느낀 곳은 황해 바다였다. 그의 집은 인천 중구 내동 162번지[1]에 있었다. 그 집에서 조금만 걸어 나가면 바람의 냄새가 확연히 달라졌다. 소금기 섞인 공기, 쇠붙이 냄새, 기름 냄새, 생선 비린내와 함께 낯선 언어가 함께 있었다.

어린 찬삼은 그 냄새를 맡을 때마다 가슴이 먼저 반응했다.

"찬삼이 또 부두에 나가려고?"

어머니는 늘 알고 있었다. 찬삼이 신을 끌어당기면, 그 발걸음이 어디로 향하는지.

"조금만요. 금방 갔다 올게요."

그의 '조금'은 언제나 길었다. 바다가 늘 조금 더 이야기하자고, 조금 더 서 있으라고 손짓했기 때문이다.

찬삼이 인천과 인연을 맺게 된 것은 아버지 때문이었다. 1934년, 아버지 김세완이 경성지방법원 인천지원 부임을 앞

---

1) 현 인천광역시 중구 제물량로 162(신생동).

두고 가족은 인천으로 이사 왔다. 아버지는 법과 판결의 세계에서 살았다. 집에서는 항상 말수가 적은 사람이었다. 그러나 인천의 바다 앞에서는 그도 잠시 멈추어 서곤 했다.

"아버지, 저 배는 어디로 갈까요?"

부둣가에서 찬삼이 물으면, 아버지는 배의 깃발을 보고 웃으며 말했다.

"저건 일본으로 가는 배다."

"저건요?"

"중국 배야."

그 짧은 대답들 속에서 찬삼의 머릿속에는 보이지 않는 길들이 그려지기 시작했다. 바다는 하나였지만, 그 위에는 수없이 많은 길이 놓여 있었다.

찬삼은 1933년 인천 창영심상소학교(창영초등학교)에 입학했다. 학교에서 배우는 내용보다, 학교 공부를 마치고 나와 바라보는 바다가 더 많은 이야기를 들려주었다. 1939년 졸업할

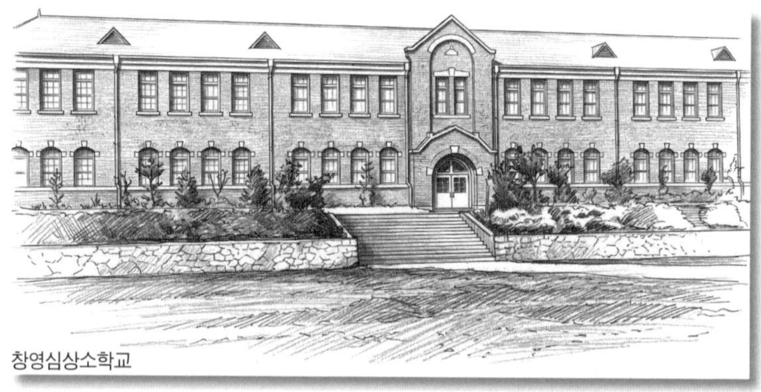

창영심상소학교

때까지 그는 바다를 스승처럼 곁에 두고 자랐다.

"넌 왜 그렇게 바다만 바라보니?"

친구가 물으면 찬삼은 잠시 생각하다가 말했다.

"저기엔 끝이 없잖아. 끝까지 가 보고 싶기도 하고."

끝이 없다는 말은 두렵기도 하고 설레기도 했다. 그러나 그
는 두려움보다 설렘을 먼저 배우는 아이였다.

새벽이면 잿빛 안개가 부둣가를 서서히 덮었다. 해가 뜨면
안개는 언제 그랬냐는 듯 물러나 뿌연 물결을 드러냈다. 어린
김찬삼은 그 변화의 순간을 누구보다 좋아했다. 바다가 옷을
갈아입는 모습을 보고 있으면, 세상도 어딘가로 떠날 준비를
하는 것처럼 느껴졌다.

찬삼은 학교에 가기 전이나 숙제를 마친 뒤면 어김없이 인
천 부둣가로 향했다. 부둣가에는 늘 사람들의 발자국 소리와
밧줄 끌리는 소리, 뱃고동 소리가 섞여 흘렀다. 그 소리들은
마치 여러 나라의 말이 한꺼번에 들려오는 것처럼 느껴졌다.
찬삼은 그 소리 하나하나를 귀에 담으며, 아직 가 보지 못한
세상을 마음속에서 그려 보곤 했다.

부둣가 끝자락에 서면, 외국에서 온 배들이 줄지어 정박해
있었다. 배의 옆구리에는 알 수 없는 글자와 그림이 그려져
있었다. 찬삼은 그 글자들을 손가락으로 따라 그리며 중얼거
렸다.

"저 이상한 글자는 무슨 말일까? 저 배는 어디에서 왔을까?"

대답해 줄 사람은 없었지만, 배는 묵묵히 바다를 지키고 있었다. 찬삼은 그 침묵이 오히려 마음에 들었다. 배는 아무 말도 하지 않았지만, 분명히 많은 이야기를 품고 있을 것 같았기 때문이었다.

그날도 찬삼은 부둣가에 앉아 바다를 보고 있었다. 갈매기들이 끼룩거리며 바다 위를 스치며 날아다녔다. 어부들은 그물에 걸린 물고기를 손질하고 있었다. 생선 비늘이 햇빛을 받아 반짝일 때마다 찬삼의 눈도 함께 반짝였다.

'세상에는 반짝이는 것이 참 많구나.'

찬삼이는 반짝이는 것을 좋아했다.

"찬삼아."

갑자기 낮고 부드러운 목소리가 들려왔다. 아버지 김세완이었다. 아버지는 늘 단정한 옷차림으로 서 있었다. 그러나 어딘가 산처럼 든든한 모습으로 찬삼 곁에 서 있곤 했다. 아버지는 찬삼의 눈길을 따라 바다를 바라보았다.

"또 배를 보고 있구나."

"네, 아버지."

찬삼은 고개를 끄덕이며 말했다. 그러다 문득 마음속에서 오래 맴돌던 질문이 입 밖으로 튀어나왔다.

"아버지, 저 배들은 언제 어디로 떠날까요?"

아버지는 잠시 말이 없었다. 바람이 불어와 아버지의 옷자락을 흔들었다. 그는 마치 바다에게 먼저 묻는 것처럼 수평선을 오래 바라보다가 천천히 입을 열었다.

"글쎄, 언제 떠날 지는 몰라도 아주 먼 곳으로 가겠지. 어떤 배는 해가 지는 쪽으로, 어떤 배는 해가 뜨는 쪽으로……."

"그럼 바다는 끝이 있어요?"

아버지는 미소를 지었다.

"끝이라고 부를 수 있는 곳도 있고, 또 다른 시작이라고 부를 수 있는 곳도 있단다."

찬삼은 그 말을 이해하려 애썼다. 끝이면서 시작인 곳이라니. 어린 마음에는 조금 어려운 말이었지만, 그 말이 퍽 재미있게 느껴졌다.

아버지는 찬삼의 어깨에 손을 얹으며 말했다.

"찬삼아, 세상은 생각보다 훨씬 넓단다. 우리가 보고 있는 바다의 항구는 넓은 세상의 출입문 같은 거야."

찬삼은 다시 바다를 바라보았다. 파도는 쉬지 않고 부두에 부딪혔다가 물러났다. 그 모습은 마치 누군가 계속해서 문을 두드리는 것 같았다.

"그럼… 우리는 어떻게 그 넓은 세상을 만나요?"

아버지는 잠시 찬삼의 얼굴을 내려다보았다. 호기심으로 가득 찬 눈동자. 아직은 작지만 단단한 다리. 아버지는 천천히, 그러나 또렷하게 말했다.

"다리로 가는 거란다. 다리는 세상을 만나러 가는 시작이지."

그 말은 바람을 타고 찬삼의 가슴속으로 들어왔다. 작은 파도가 일듯, 마음속 어딘가가 살짝 흔들렸다. 찬삼은 자신의 다리를 내려다보았다. 바닷가 모래 위에 서 있는 짧은 다리. 하지만 그 다리는 갑자기 아주 중요한 것을 품고 있는 것처럼 느껴졌다.

그날 이후로 찬삼은 걷는다는 것을 다르게 느끼기 시작했다. 집에서 부둣가까지의 길, 학교까지의 골목길, 시장을 오가는 좁은 길까지도 모두 어딘가로 이어진 길처럼 보였다. 발걸음을 옮길 때마다 마음속에서는 보이지 않는 지도가 펼쳐졌다.

부둣가에는 외국 선원들의 모습도 종종 보였다. 피부색도, 생김새와 말소리도 제각각이었다. 찬삼은 그들 곁을 서성이다가 용기를 내어 인사를 건네기도 했다.

"헬로."

선원은 알아듣지 못했지만, 환하게 웃으며 손을 흔들어 주었다. 그 웃음 하나만으로도 찬삼은 가슴이 벅차올랐다. 말은 통하지 않았지만, 웃음은 바다처럼 넓게 이어졌다.

찬삼은 집으로 돌아가 그날 본 배들과 선원들을 떠올렸다. 머릿속에는 수많은 길이 그려졌다. 어떤 길은 바다 위에 있었고, 어떤 길은 산을 넘고, 또 어떤 길은 사막을 건너는 것처럼 보였다. 아직 한 번도 가 보지 않은 길들이었지만, 이상하게도 낯설지 않았다.

그날 밤, 찬삼은 쉽게 잠들지 못했다. 멀리서 들려오는 뱃고동 소리가 낮게 울렸다. 그는 이불 속에서 다리를 가만히 움직여 보았다. 그 소리를 따라가고 싶은 것처럼.

'언젠가 저 소리를 따라가 볼 거야.'

어린 찬삼은 그렇게 마음속으로 다짐했다. 아직 넓은 세상이 어떤 곳인지 정확히 알지 못했지만, 세상이 넓다는 사실만은 분명히 느끼고 있었다. 그리고 그 무한한 세상은 언젠가 자신의 다리로 꼭 만나야 할 약속처럼 다가오고 있었다.

그날 이후로 바다는 찬삼에게 단순한 풍경이 아니었다. 학교에서 칠판에 적힌 글자들이 눈에 잘 들어오지 않는 날이면, 찬삼의 마음은 늘 바다 쪽으로 기울었다. 선생님의 목소리는 점점 멀어지고, 귀에는 뱃고동 소리가 들리는 것만 같았다.

"찬삼아, 지금 무슨 생각을 하고 있니?"

선생님의 물음에 찬삼은 깜짝 놀랐다. 얼굴이 붉어졌지만, 그는 솔직하게 대답했다.

"바다요."

교실 안이 웃음바다로 변했다. 친구들은 키득거리며 수근거렸다.

"또 바다래."

"쟤는 나중에 배를 타는 선원이나 어부가 될 거야."

찬삼은 웃지 않았다. 약간 부끄럽기는 했지만, 마음 한편이 단단해지는 느낌이 들었다.

'그래 난 배를 타고 싶어. 배를 타고 여러 나라를 구경하고

싶어.’

그는 속으로 그렇게 다짐했다.

쉬는 시간이 되자 가장 친한 친구 만수가 다가왔다. 만수는 늘 손이 까무잡잡했다. 그는 아버지를 따라 부둣가에서 일을 돕곤 했다.

“찬삼아, 오늘도 부두에 갈 거야?”

“응. 오늘은 커다란 외국 배가 한 척 들어온다더라.”

두 아이는 수업이 끝나자마자 책보따리를 가슴에 묶고 달렸다. 좁은 골목을 지나면 생선 냄새와 기름 냄새가 섞인 바람이 먼저 맞이했다.

인천 부둣가는 늘 바빴다. 짐꾼들은 땀에 젖은 셔츠를 입고 커다란 나무 상자를 나르고 있었다. 장사꾼들은 고함을 지르며 손님을 부르고, 생선 값을 흥정했다.

그날 찬삼의 눈을 사로잡은 것은 검은 연기를 뿜어내는 커다란 외국 화물선이었다. 배 갑판 위에서는 낯선 말들이 희미하게 오갔다. 가끔씩 쇠사슬이 끌리는 소리가 부둣가를 울렸다.

“와, 저 배는 진짜 크다.”

“저런 배는 아주 멀리까지 갈 거야.”

찬삼이 눈을 반짝이며 말했다.

찬삼은 생각만해도 가슴이 두근거렸다. 배가 움직일 때마다 자기 심장도 함께 흔들리는 것 같았다.

그때 갑자기 소란이 일었다. 부두 끝에서 밧줄 하나가 풀리며 나무 상자가 바닥으로 떨어진 것이다. 상자는 부서졌고, 안에 들어 있던 과일들이 굴러 나왔다. 어른들이 소리를 질렀고, 갈매기들이 놀라 날아올랐다.

"비켜! 얘들아, 비켜라!"

찬삼은 만수의 손을 잡고 급히 물러섰다. 하지만 그 짧은 순간, 그는 두려움보다 묘한 설렘을 느꼈다.

'세상은 이렇게 갑자기 흔들리기도 하는구나. 바다처럼, 아무런 예고도 없이……'

집으로 돌아온 찬삼은 저녁밥을 먹는 동안 말이 없었다. 어머니는 그런 찬삼을 가만히 바라보다가 물었다.

"오늘은 바다에 가서 또 무슨 생각을 했니?"

"엄마, 세상은 왜 이렇게 넓어요?"

어머니는 잠시 숟가락을 내려놓고 웃었다.

"넓으니까 수많은 사람들이 사는 거겠지."

"그럼 온 세상을 다 가 볼 수 있을까요?"

"글쎄… 그건 마음먹기에 따라 할 수도 있겠지."

그 말은 아버지의 대답과 비슷했다. 찬삼은 그날 밤 자신의 발과 다리를 살펴보았다. 낮에 부둣가에서 급히 물러섰던 자신의 발, 모래를 밟고, 돌을 피하고, 집까지 돌아온 다리. 찬삼은 그 작은 다리에 고마움을 느꼈다.

며칠 뒤, 비가 내렸다. 비에 젖은 부둣가는 평소보다 조용했다. 배들은 안개 속에 반쯤 숨어 있었고, 바다는 잔잔했다.

찬삼은 혼자 부두에 앉아 비를 맞으며 바다를 바라보았다.

'바다는 오늘 일요일인가 봐. 한가하게 쉬고 있네.'

그는 속으로 그렇게 생각했지만, 곧 깨달았다. 바다는 쉬는 것처럼 보여도 여전히 그 안에서 쉼없이 움직이고 있다는 것을. 겉으로 보이지 않아도 깊은 곳에서는 계속 길을 만들고 있다는 것을.

그 순간 찬삼의 마음속에서도 무언가가 또렷해졌다.

'그래, 나도 지금은 가만히 있는 것처럼 보여도 마음속으로는 계속 걷고 있는 거야.'

집으로 돌아오는 길, 빗물이 고인 골목을 조심조심 건너며 찬삼은 웃었다. 오늘은 어디로 떠나지는 않았지만, 분명 한 걸음을 더 내디딘 기분이었다.

인천의 바다는 그렇게 매일 찬삼에게 말을 걸었다. 소리로, 냄새로, 변화무쌍한 모습으로, 때로는 침묵으로. 찬삼은 그 모든 것을 마음에 담으며 조금씩 자라고 있었다.

훗날 세계의 길 위에서 수많은 사람과 풍경을 만나게 될 소년은, 아직 인천의 좁은 골목과 부둣가를 걷고 있었다. 그러나 그 작은 발걸음 하나하나가 이미 먼 나라를 향하고 있다는 사실을 바다는 알고 있었다.

바다는 오늘도 숨을 쉬었다. 그리고 그 숨결 속에서 한 소년의 꿈은 더 넓어지고 있었다.

2. 산 사나이와 그 아들

김찬삼의 아버지 김세완에게 산은 늘 새로웠다. 매주 같은 요일, 같은 시각에 집을 나섰다. 해가 막 떠오를 무렵이면 등산화 끈을 고쳐 매고, 낡은 배낭을 어깨에 둘러멘 채 대문을 나섰다. 그 배낭에는 특별한 것이 들어 있지 않았다. 물병 하나, 주먹밥 몇 개, 수건 한 장, 그것이 전부였다.

여섯 살 찬삼은 처음엔 아버지를 이해하지 못했다. 왜 매번 같은 산을 오르는지, 왜 그렇게 숨이 차도록 걸어야 하는지 알 수 없었다. 하지만 어느 날부터인가 아버지가 문을 나설 때마다 신발을 챙겨 신기 시작했다.

"저도 갈래요."

아버지는 잠시 찬삼을 내려다보았다. 아직은 짧은 다리, 금세 숨이 차오를 몸. 그러나 눈빛만큼은 단단했다.

"산길은 생각보다 쉽지 않다."

"그래도 가 보고 싶어요."

그날이 찬삼의 첫 산행이었다.

산 입구에 들어서자 공기가 달라졌다. 바다에서 불어오던 바람과는 사뭇 다른 냄새였다. 흙냄새, 젖은 풀내, 오래된 나무의 숨결이 섞여 있었다. 새들이 가지 사이를 옮겨 다니며 울부짖기도 했다. 멀리서 계곡물 흐르는 소리도 들려왔다.

찬삼은 아버지의 손을 꼭 잡았다. 처음엔 씩씩하게 걷는 듯했지만, 얼마 지나지 않아 숨이 가빠졌다. 작은 가슴이 들썩거렸고, 이마에는 금세 땀이 송골송골 맺혔다.

"아버지……."

아버지는 걸음을 멈추고 찬삼에게 말했다.

"힘들지?"

찬삼은 잠시 입술을 깨물었다. 힘들다고 말하면 여기서 돌아가야 할 것 같았다. 그는 숨을 고르며 고개를 저었다.

"아니요. 더 가고 싶어요."

그 말은 스스로도 놀랄 만큼 또렷했다. 아버지는 미소를 지으며 찬삼의 손을 다시 잡았다.

"그래. 그럼 천천히 가자."

산길은 점점 가팔라졌다. 돌부리에 발이 걸리기도 했고, 미끄러운 흙길에 넘어질 뻔도 했다. 그럴 때마다 아버지는 말없이 찬삼을 일으켜 세웠다. 손을 놓지 않았다. 찬삼은 그 손이 마치 밧줄처럼 느껴졌다. 놓치지만 않으면 어디든 갈 수 있을 것 같았다.

중턱에 이르자 아버지는 잠시 쉬자며 바위에 걸터앉았다.

찬삼은 헐떡이며 바위에 등을 기대었다. 가슴이 쿵쾅거렸지만, 이상하게도 싫지 않았다. 몸이 힘든 만큼 마음이 조금씩 단단해지는 느낌이었다.

“왜 산을 오르세요?”

찬삼의 질문에 아버지는 물병을 건네며 말했다.

“산은 언제나 변함이 없거든.”

“네?”

“언제 오든, 얼마나 걸리든, 산은 늘 그대로 있지 않니? 그래서 산이 좋다.”

찬삼은 고개를 끄덕였지만, 완전히 이해하지는 못했다. 다만 산이 도망가지 않는다는 말이 이상하게 마음에 남았다.

다시 산길을 나섰다. 찬삼의 다리는 점점 무거워졌지만, 발걸음은 멈추지 않았다. 나무 사이로 햇빛이 쏟아져 내려와 길 위에 작은 무늬를 만들었다. 그 무늬를 밟으며 걷는 기분이 찬삼은 좋았다.

마침내 정상에 다다랐을 때, 세상이 한눈에 들어왔다. 바다도 보였고, 집들이 장난감처럼 작아 보였다. 찬삼은 숨을 고르며 풍경을 바라보다가 문득 깨달았다. 올라오기 전에는 보이지 않던 것들이 올라오고 나니 보인다는 사실을.

“아버지, 저기 집 보여요.”

“그래. 우리가 있던 곳이지.”

찬삼은 다시 자신의 다리를 내려다보았다. 아까는 너무 힘들어 멈추고 싶었던 다리였다. 그런데 그 다리가 자신을 여기까지 데려다주었다. 그 순간, 찬삼은 어렴풋이 느꼈다. 걷는다는 것은 단순히 발을 옮기는 일이 아니라는 것을. 힘들어도 멈추지 않는 것, 조금씩이라도 앞으로 나아가는 것이라는 걸.

산에서 내려오는 길, 찬삼은 아버지의 손을 여전히 붙잡고 있었다. 그러나 그 손은 처음보다 더 포근하게 느껴졌다. 다리가 아파도 마음은 이상하게도 가벼웠다.

그날 이후로 찬삼은 다르게 걷기 시작했다. 학교 가는 길도, 골목을 지나는 길도 모두 작은 산처럼 느껴졌다. 그리고 마음속 어딘가에서 조용한 목소리가 들려왔다.

'이 다리로 더 멀리, 아주 먼 나라까지 갈 수 있을 것 같아.'

그날, 찬삼의 다리는 처음으로 '여행의 다리'가 되었다. 산은 아무 말도 하지 않았지만, 그 침묵 속에서 찬삼은 평생 잊지 못할 약속 하나를 얻고 있었다.

일요일 새벽은 늘 아버지의 발소리로 시작되었다. 골목에 아직 어둠이 눌러앉아 있을 무렵, 김찬삼은 이불 속에서 그 소리를 들었다. 문을 여는 소리, 등산화 끈을 당겨 매는 소리, 그리고 잠깐 멈추었다가 다시 이어지는 숨 고르는 소리. 그 숨은 늘 일정했고 흔들림이 없었다. 마치 산이 호흡하는 것처럼.

"찬삼아."

아버지는 언제나 그렇게 불렀다. 부르기는 했지만 깨우지는 않았다. 이름을 불러 주면 아이가 스스로 깨어나기를 기다렸다. 그날도 마찬가지였다.

김찬삼은 이불을 걷고 일어나 마루로 나왔다. 새벽 공기는 아직 밤의 냄새를 품고 있었고, 아버지의 등산복에서는 풀과 흙, 그리고 오래된 땀 냄새가 섞여 올라왔다. 찬삼은 그 냄새를 좋아했다. 그것은 아버지가 집에 있으면서도 늘 어딘가로 떠나 있는 사람이라는 증거 같았기 때문이다.

"오늘도 가세요?"

"그래. 산은 약속을 어기지 않거든."

아버지는 웃으며 말했지만, 그 말에는 단단한 신념이 들어 있었다. 아버지 김세완에게 산은 취미가 아니라 지켜야 할 규율이었다. 일요일이면 반드시 산으로 향했다. 비가 와도, 눈이 와도, 나라의 일이 아무리 무거워도 그 약속은 변하지 않았다.

김찬삼은 아버지의 다리를 바라보았다. 새벽빛 속에서 단단하게 선 다리. 군더더기 없는 근육과 오래 걷고 살아온 사람만이 가질 수 있는 묵직한 균형감. 훗날 그는 그 다리를 '물려받았다'고 말하게 된다.

아버지 김세완은 법관이었다. 법은 말로 이루어져 있었고, 말은 늘 다툼을 불러왔다. 그는 평생 수많은 말들 사이에서 옳고 그름을 가려야 했다. 그래서인지 말이 없는 산으로 들어갈 때면, 그는 자신의 호흡과 발걸음만을 들을 수 있어 평안함을 느꼈다.

1955년의 새해도 그렇게 시작되었다. 2일은 일요일이었다. 경무대에서 대통령과 새해맞이 인사를 하는 중요한 일정이 있었다. 하지만 김세완의 발걸음은 여전히 산을 향해 있었다. 그는 평소보다 훨씬 이른 새벽, 어둠이 채 걷히기 전인 4시에 집을 나섰다.

"오늘은 빨리 다녀오세요. 이른 새벽이니 조심하시구요."

아내의 말에 그는 고개를 끄덕였다.

"일정이 있으니 서둘러야지."

그날 어두컴컴한 새벽에도 산은 김세완에게 길을 열어 주었다. 그는 평소보다 빠르게 능선을 넘었다. 잰걸음이어서 숨도 평소보다 가빴다. 서둘러 내려오는 길에서 시계를 보았다. 약속 시간에 도착할 자신이 없었다. 그는 잠시 멈춰 섰다.

'도저히 안 되겠어.'

집에 들러 옷을 갈아입을 수 없다는 것을 그는 즉시 깨달았다. 그래서 등산복 차림 그대로 경무대를 향했다.

북문 초소 앞에서 경찰관이 그를 막아섰다.

"여긴 아무나 들어갈 수 없습니다."

"난 대법관인 김세완이오. 모임이 있어서 가려고 해요."

경찰관은 등산복 차림의 노인을 위아래로 훑어보았다. 믿기 어렵다는 표정이었다.

"증명할 수 있는 신분증이라도 보여주십시오. 어떻게 믿을 수 있습니까?"

김세완은 잠시 숨을 골랐다. 산에서 내려오느라 숨이 거칠었기 때문이었다.

"지금은 시간이 없소. 대통령 각하께 신년 인사를 드리러 왔소."

그의 말투에는 다급함이 묻어 있었지만, 초조해 하지는 않았다. 경찰관은 정문 초소와 연락을 취하더니 결국 통과를 시켰다. 김세완이 대기실에 들어서자 모여 있던 다른 대법관들은 그를 보고 모두 놀랐다.

"김 대법관, 대체 이게 무슨 차림이오?"

"등산 갔다 바로 오는 바람에……."

그는 태연하게 말했다. 그리고 등산복 차림으로 이승만 대통령에게 절을 했다. 대통령은 그의 손을 잡으며 껄껄껄 웃었다.

"규칙적인 생활이 건강에도 아주 좋지요."

대통령은 김세완의 튼튼해 보이는 다리에 오래도록 눈길을 주었다.

김찬삼은 훗날 그 이야기를 들으며 아버지의 다리를 떠올렸다. 법과 산, 말과 침묵 사이를 오가던 다리. 그 다리는 결국 아들에게도 이어졌다.

아버지는 황해도 신천에서 태어나 먼 길을 걸어왔다. 평양과 경성을 거쳐 법정과 산을 쉬지 않고 오르내렸다. 그는 자신의 삶을 한 걸음씩 단단히 놓았다. 제주에서, 인천에서, 서울에서, 다시 대학 교정에서 그는 늘 같은 자세로 서 있었다.

아버지 김세완과 설악산을 등산한 김찬삼

집에서는 말수가 많지 않았지만, 필요한 말은 반드시 했다.

"사람은 바르게 서 있는 법을 배워야 한다."

그 말이 무엇을 뜻하는지 김찬삼은 오랫동안 알지 못했다. 그러나 훗날 세계를 여행하며 수많은 길 위에 섰을 때, 그는 깨달았다. 서 있다는 것은 도망치지 않는 것이며, 자신의 두 다리로 세상을 견디는 일이라는 것을.

1973년 3월 11일 새벽 산책길에 아버지가 교통사고로 갑자기 세상을 떠났다. 김찬삼은 아버지의 다리를 다시 떠올렸다. 국민대학 학장을 지내고 재단 이사장으로 있던 아버지가 등산을 가는 것처럼 홀연히 세상을 떠났다. 언제까지나 버팀목이 되어 줄 줄 알았던 아버지가 횡단보도를 건너가다 총알택시에 치어 세상을 떠난 것이다.

3. 찬이 형의 자전거길

형 찬이는 늘 바람을 먼저 맞이하는 청소년이었다. 집 앞 골목에서 자전거를 끌고 나오면, 그는 잠시 하늘을 올려다보곤 했다. 날씨를 살피는 것 같기도 했고, 그날 만날 길을 미리 떠올리는 것 같기도 했다. 찬삼은 그런 형의 등을 바라보며 은근히 부러운 마음이 들기도 했다. 형이 떠나는 날이면, 집 앞 공기마저 가볍게 떨리는 듯했다.

자전거는 형의 또 다른 다리였다. 낡았지만 단단했고, 자전거의 틀인 프레임에는 형이 직접 붙인 작은 지도 조각들이 테이프에 눌려 있었다. 어느 날은 강이 표시된 조각이, 또 어느 날은 산맥이 그려진 조각이 붙어 있었다. 형은 말했다.

"길은 언제나 같지 않아. 그래서 지도도 같이 바뀌어야 해."

찬삼은 그 말을 다 이해하지 못했지만, 형의 손이 지도 조각을 떼었다 붙였다 하는 모습을 오래 바라보았다. 그 손에는 망설임이 없었다.

1941년 봄, 재령 명신중학교에 다니던 형 찬이는 집을 떠나

전국을 한 바퀴 돌겠다고 했다. 아버지와 어머니는 손을 저으며 말렸다.

"찻길이 얼마나 험한데, 혼자 자전거 여행을 하겠다는 거냐."

"안 된다. 대학이나 들어가서 하렴."

그러나 찬이는 씩씩한 목소리로 대답했다.

"험하니까 도전하는 거죠. 편한 길은 재미가 없어요."

형은 그렇게 길을 떠났다. 자전거를 타고 길 위로 올라서며 손을 흔들었다. 그 뒷모습은 점점 작아지면서도 흔들리지 않았다. 마치 이미 수없이 떠나 본 사람처럼.

며칠 뒤, 날벼락 같은 소식이 들려왔다. 충청남도의 어느 고개에서 사고가 났다는 것이었다. 처음에는 다들 크게 걱정하지 않았다. 찬이는 늘 무사히 돌아왔기 때문이다. 그러나 시간이 흐르면서 집 안의 공기가 무거워졌다.

아버지는 말이 더 없어졌고 침통해했다. 어머니는 눈물바람으로 밤마다 등을 돌리고 누웠다.

그리고 마지막 소식이 전해졌다. 결국 찬이는 돌아오지 못했다. 그날 찬삼은 처음으로 길이 끊어질 수도 있다는 것을 알았다. 자전거 바퀴는 멈출 수 있고, 사람은 돌아오지 못할 수 있다는 것을.

형의 방은 그대로 남아 있었다. 자전거는 이미 없어졌지만, 책상 위에는 일기장과 낡은 지도 한 장이 놓여 있었다.

"이제 방을 정리 좀 하자."

어머니의 말에 찬삼은 고개를 끄덕였다. 그러나 손은 쉽게 움직이지 않았다. 일기장을 펼쳤을 때, 종이에서는 형의 냄새가 물씬 났다. 잉크와 먼지, 그리고 길 위의 바람 같은 냄새.

찬삼은 마지막 장을 펼쳤다.

"오늘은 충청도에서 전라도로 달리지만, 나의 꿈이 실현되는 십 년이나 십오 년 후에는 남미의 안데스 고원을 달리고 싶다. 그리고 또 아프리카를 누비고 다니리라."

글씨는 흔들리지 않았다. 사고가 나기 직전의 글이라는 것이 믿기지 않을 만큼 단정했다. 잔삼은 그 문장을 어러 번 읽었다. 소리 내어 읽지는 못했다. 목이 막혔기 때문이다.

'안데스 고원.'

그는 그 말이 무엇인지 정확히 알지 못했지만, 아주 멀다는 것만은 느낄 수 있었다.

'아프리카!'

지도에서 본 적 있는 이름. 바다 건너, 또 바다 건너.

그날 밤 찬삼은 잠들지 못했다. 눈을 감으면 형이 자전거를 타고 고개를 오르던 모습이 떠올랐다. 땀에 젖은 셔츠, 그러나 웃고 있던 얼굴.

"험하니까 가는 거야."

그 말이 다시 들려오는 것 같았다.

며칠 뒤, 찬삼은 아버지의 서재에 들어갔다. 아버지는 책을 읽고 있었다.

“아버지.”

“왜 그러니?”

“형은… 왜 그렇게 멀리 가고 싶어 했을까요?”

아버지는 잠시 책을 덮었다.

“어떤 사람은 서 있는 자리가 좁으면 숨이 막힌다. 그래서 더 멀리 가고 싶은지도 모르지.”

그 말은 찬삼의 가슴에 오래 남았다.

그날 이후 찬삼의 길에는 형이 함께 있었다. 부둣가에서 외국 배를 볼 때도, 기차 창밖을 볼 때도, 지도 위에 선을 그을 때도 형의 글이 떠올랐다.

‘십 년이나 십오 년 후.’

시간은 흘렀고, 찬삼은 자랐다. 그러나 그 글은 조금도 흐려지지 않았다.

형의 꿈은 찬삼의 안에서 싹을 틔웠다. 그것은 누군가를 대신한다는 슬픔이 아니라, 이어 받는다는 다짐이었다.

“형, 내가 꼭 갈게.”

그는 마음속으로 여러 번 그렇게 다짐했다.

안데스 고원도, 아프리카도 아직은 낯선 이름이었지만, 길은 이미 시작되고 있었다. 형이 멈춘 자리에서 찬삼의 발걸음은 조용히 이어지고 있었다. 그의 여행은 그렇게 죽음에서 시작된 약속이었고, 사랑에서 비롯한 출발이었다.

4. 마르코 폴로와 세계지도

형이 떠난 뒤, 찬삼의 방은 달라졌다. 아니, 달라진 것은 방이 아니라 방을 바라보는 찬삼의 마음이었다. 형의 웃음소리가 사라진 자리에 고요가 내려앉았고, 그 고요 속에서 물건 하나하나가 이전보다 또렷이 눈에 들어왔다.

책장 맨 위 칸에는 형이 아끼던 책들이 가지런히 꽂혀 있었다. 찬삼은 그 중에서도 가장 두꺼운 책 한 권을 조심스럽게 꺼냈다. 표지는 오래되어 모서리가 해어졌다. 책장을 넘기니 군데군데 연필로 밑줄이 그어져 있었다. 『동방견문록』이었다. 형은 이 책을 "길 위에서 만난 또 다른 길"이라고 불렀다.

찬이 형이 언젠가 찬삼에게 물었다.

"넌 커서 뭐가 되고 싶니?"

"형, 난 기차 차장이나 기관사가 되고 싶어."

"기관사가 되고 싶다고? 왜?"

"긴 기차를 몰고 전국을 달리는 기관사가 멋지잖아. 복장도 멋있고. 형은 뭐가 되고 싶은데?"

"난 여행가가 되고 싶다고 했잖아. 낯선 세계를 바람처럼 떠도는 멋진 여행가."

"만일 여행가의 꿈을 이루지 못하면 또 뭐가 되고 싶어?"

"난 싸이클 선수가 되고 싶다. 자전거 경주 왕 엄복동 선수처럼 대회를 휩쓰는 멋진 싸이클 선수가 되고 싶어."

"엄복동 선수가 그렇게 대단해?"

"그럼. 1913년 전 조선자전차경기대회에서 우승을 시작으로, 1918 장충단공원 자전거경기 우승, 1920년 경성시민대운동회 자전거대회 우승, 1922년 장충단 자전차경주대회 우승, 1923 마산 전 조선자전차경기대회 우승 등 나가는 대회마다 우승을 휩쓸었어."

"와, 정말 대단하네. 난 기관사도 되고 싶지만, 세계 여러 항구를 구경할 수 있는 외항선 선장도 되고 싶어."

"외항선 선원을 마도로스라고 하지. 마도로스가 되어 세계를 여행하는 것도 좋은 꿈이지."

찬이형은 진지한 표정으로 찬삼에게 물었다.

"찬삼아, 『동방 견문록』이 어떤 책인지 알아?"

"마르코 폴로가 중국 원나라를 여행하고 나서 쓴 책이라고 했잖아."

"그렇지. 13세기 때의 일이야. 원나라 뿐만 아니야. 마르코 폴로는 17년 동안이나 여행을 했어. 1권은 서아시아와 중앙아시아, 2권은 원나라, 3권은 일본·동남아시아·아프리카에 대한 내용이 들어 있지.”

“와! 17년 동안이나, 그렇게 오래?”

“당시 유럽인들에게 아시아에 대한 정보를 소개한 기행문이야. 과장된 내용도 있지만, 유럽 사람에게 동양에 대해 관심을 갖게 해서 콜럼버스의 아메리카 대륙 발견의 계기가 된 책이기도 해.”

“책 한 권이 세계 역사를 크게 움직인 셈이네. 나도 마르코 폴로처럼 세계 여러 나라를 여행하고 싶다.”

“여행은 멋진 일이시. 낯선 곳을 가 보는 실레임. 나도 어행가가 될 거야. 그런데 그 책을 쓴 사람은 마르코 폴로가 아니야.”

“그래? 그럼 왜 마르코 폴로의 동방견문록이라고 해?”

“여행자는 마르코 폴로가 맞지만 여행기를 문자로 기록한 사람은 마르코 폴로 본인이 아니래. 마르코 폴로가 베네치아-제노바 전쟁에서 제노바의 포로가 되었단다. 그래서 감옥에 있었을 때 같이 갇혀 있던 죄수가 마르코 폴로의 이야기를 듣고 글로 기록했다고 해. 기록이 중요한 거야. 여행을 하면 기록을 해야 오래 남을 수 있지.”

“그래서 형도 일기를 쓰는 거야?”

“그래. 그 책을 쓴 동료 죄수는 ‘루스티첼로 다 피사(Rustichello da Pisa)’라는 사람이었대. 동방견문록의 저자는 루스티첼로라는 사람인 셈이지.”

찬삼은 그날 이후로 그 책을 끼고 살았다. 학교에 갈 때도, 잠자리에 들 때도, 책은 늘 곁에 있었다. 책 속에는 바다와 사막, 이름조차 낯선 도시와 사람들의 이야기가 가득했다. 낙타를 타고 사막을 건너는 상인들, 비단을 실은 대상(隊商), 다른 언어와 풍습 속에서도 웃고 거래하며 살아가는 사람들. 찬삼은 글자를 따라가며 상상했다. 글자 하나하나가 길이 되어 마음속에서 이어졌다.

어느 날, 찬삼은 형의 방 벽에 종이를 붙였다. 신문에서 오려 낸 조각, 낡은 교과서의 지도, 형의 일기장 속에 끼워져 있던 메모들. 그것들을 하나씩 이어 붙이자 점점 세계의 모양이 드러났다. 완벽하지는 않았지만, 바다와 대륙의 윤곽은 분명했다.

벽에 붙은 세계지도 앞에 서면 찬삼은 한참을 움직이지 않았다. 손에는 『동방견문록』을 들고, 눈은 지도 위를 천천히 걸었다. 동쪽 끝, 자신이 살고 있는 작은 반도에서 시작하여 서쪽으로, 또 서쪽으로. 지도 위의 선들은 모두 길처럼 보였다.

"여기가…… 안데스일까?"

찬삼은 손가락으로 높은 산맥이 그려진 부분을 짚었다. 산을 오르던 아버지의 뒷모습이 떠올랐다. 숨이 차도 멈추지 않던 그 발걸음. 지도 속의 산맥도 그렇게 넘어야 할 산처럼 느껴졌다.

"여긴 아프리카."

넓게 펼쳐진 대륙을 바라보며 찬삼은 잠시 숨을 삼켰다. 사막과 밀림, 이름 모를 나라들. 형의 일기장에 적혀 있던 마지막 문장이 머릿속에서 다시 울렸다.

'그래, 언젠가 안데스를 넘고 아프리카를 건너리라.'

그 문장은 이제 더 이상 형만의 것이 아니었다. 찬삼은 지도 앞에 서서 조용히 중얼거렸다.

"형, 내가 대신 갈게. 내가 형의 꿈을 이룰게."

말을 하고 나니 가슴이 조금 떨렸다. 대신 간다는 말은 형의 길을 이어 걷겠다는 뜻이었고, 그 길이 결코 쉽지 않으리라는 사실도 함께 품고 있었다.

찬삼은 다시 말을 이었다.

"동방에서 서방으로!"

그 말은 마치 주문처럼 방 안에 남았다. 동방에서 서방으로. 책에서 읽은 마르코 폴로의 길이, 형이 꿈꾸었던 길이, 그리고 언젠가 자신이 걸어야 할 길이 하나로 이어지는 느낌이었다.

그날 이후로 찬삼의 독서는 달라졌다. 그는 단순히 이야기를 읽지 않았다. 왜 마르코 폴로는 그 길을 택했는지, 낯선 땅에서 어떻게 사람들과 어울렸는지, 두려움을 어떻게 넘었는지를 생각했다. 책 속 인물은 점점 먼 옛사람이 아니라, 길 위의 동료처럼 느껴졌다.

밤이 되면 찬삼은 다시 책을 펼쳤다. 창밖에서는 바람이 불고, 멀리서 기차 소리가 들려왔다. 그 소리는 마치 다른 나라로 향하는 신호처럼 들렸다. 찬삼은 책장을 덮으며 속으로 다짐했다.

'길은 책에서 끝나지 않아.'

아직은 어린 몸이었고, 가진 것도 많지 않았다. 하지만 마음속에는 이미 수많은 길이 놓여 있었다. 산에서 배운 버팀, 바다에서 품은 꿈, 형의 자전거가 남긴 흔적, 그리고 『동방견문록』이 열어 준 세계.

벽에 붙은 세계지도는 더 이상 종이조각이 아니었다. 그것은 찬삼의 미래였고 다짐이었으며, 형과 나누는 조용한 대화였다.

그날 밤 찬삼은 지도를 바라본 채 잠들었다. 꿈속에서 그는 지도 위를 걸었다. 동쪽에서 서쪽으로, 멈추지 않고. 아직 한 발짝도 실제로 내딛지 않았지만, 그의 여행은 이미 시작되고 있었다.

5. 지리 교사의 꿈

　찬삼은 1939년 인천 창영소학교를 졸업했다. 그는 선원학교를 가고 싶었지만, 5년제 인천중학교(현 제물포고등학교)에 진학했다.

　찬삼은 지리 과목을 가장 좋아했다. 두 번 째로는 영어를 좋아했다.

　'여행가가 되려면 영어 회화는 필수야.'

　지리 시간에 찬삼은 지도에서 눈을 떼지 못했다. 선생님의 설명보다, 지도 속의 색과 등고선, 위도선 경도선들이 더 많은 이야기를 들려주는 것 같았다. 친구들이 쉬는 시간에 뛰어놀 때, 찬삼은 영어 단어를 외우고, 노트 한쪽에 작은 세계지도를 그리곤 했다. 그리고 그 위에 점을 찍었다. '여기', '언젠가', '반드시' 같은 마음의 표시였다.

　중학교 3학년 무렵, 그는 처음으로 '방랑'이라는 말을 마음속에서 굴려 보았다. 떠난다는 것은 집을 버리는 것이 아니라, 세상을 배우는 일이라는 생각이 그때 처음 자리 잡았다.

그 무렵 아버지는 종종 말했다.

"찬삼아, 길은 아는 만큼 보이는 거다."

그 말은 판결문처럼 명료했지만, 그 속에는 아들의 미래를 조용히 내다보는 시선이 담겨 있었다.

1944년 3월 인천중학교를 졸업하고, 부모님의 뜻에 따라 정안순과 결혼했다. 태평양 전쟁이 격화되자 조선총독부에서 청년들을 강제 징병을 하던 때라 혼인을 서두르지 않을 수 없었다. 그 뒤 아버지의 권유로 1년 과정의 해주사범학교 강습과에 입학 후 수료했다. 1945년 4월 재령군 재령면에 있는 국화공립국민학교 교사로 1년간 근무했다. 찬이 형이 다녔던 명신중학교는 국화국민학교에서 멀지 않았다. 찬삼은 찬이 형이 자꾸 생각났다.

'형이 이루지 못한 꿈을 내가 반드시 이루고 말 거야.'

초등학교 교사가 된 찬삼은 지리를 더 공부하고 싶었다.

찬삼은 사표를 내고, 1946년 3월 경성사범대학(서울대학교 사범대학) 지리학과에 진학했다. 바다에서 키운 꿈을 제대로 붙잡기 위해서였다. 그는 종로구 사직동에 방을 얻어 자취를 했다.

찬삼이 다닌 서울사범대학은 을지로6가 옛훈련원터에 있었다. 그는 그곳에서 많은 생각을 했다. 조선의 역사와 근대의 학교가 함께 머무는 그 장소에서, 그는 시간이 겹쳐 흐르는 감각을 배웠다.

찬삼은 늘 앞자리에 앉아 강의를 열심히 들었다. 김성근 교수의 '서양사 개론'을 들을 때, 늘 앞자리에 앉던 학생에게 은근히 눈길이 갔다. 교실을 나와 수위실 앞을 지나치던 찬삼은 그 학생에게 말을 걸었다.

"난 김찬삼이오. 우리 동무하고 지냅시다."

"아, 저는 이정면입니다. 반갑습니다."

"후면이 아니고 정면이군요. 오늘 시간되면 내가 사는 광화문 하숙집에 같이 갑시다."

이정면은 찬삼의 썰렁한 유머에 마음이 끌렸다. 찬삼은 미군복을 염색한 검정옷을 입고 빛바랜 갈색 가방을 들고 다녔다. 정면의 눈길이 찬삼의 낡은 구두에 쏠렸다. 구두 앞쪽은 실밥이 떨어져 나가고 밑창이 너덜거리는 미군 군화를 신고 있었다.

"나는 사직공원 옆 필운동에서 하숙을 하고 있으니, 같은 방향이군요."

이정면이 손을 내밀며 반가워했다.

"난 황해도 신천이 고향이고, 지금은 인천에 사는데, 이형은 고향이 어디요?"

"난 전라도 광주요. 광주사범학교를 나와 광주 수창국민학교에서 선생을 1년 남짓하다 사표 내고 입학했어요."

"아, 그래요. 저도 해주사범을 나와 재령 국화국민학교에서 1년 동안 교사로 있었어요. 공통점이 많아 마음이 잘 맞을 것 같군요. 정말 반갑습니다."

찬삼과 정면은 금세 친구가 되었다. 그들은 광화문 전차 정류장에서 내려 찬삼의 하숙집으로 갔다.

찬삼의 방은 깨끗이 정리되어 있었다. 그의 옷차림은 수더분한데 깔끔하게 정리된 것을 보고 정면은 의외라고 생각했다. 얼마 동안 시간 가는 줄 모르고 이야기를 나누다 보니 다섯 시가 넘었다.

"이제 그만 가야겠소."

"저녁 때가 되었으니, 저녁이나 먹고 가오. 찬은 없어도 내가 차려 줄 테니."

찬삼은 접이식 밥상을 펴 이것 저것 반찬을 꺼내 놓았다. 소고기장조림, 김, 마늘장아찌, 오징어젓갈 등 여섯 가지 반찬이 순식간에 올라왔다.

'와, 이 친구 보기와는 딴판이야. 집안 형편이 좋은가 보네.'

정면은 부모의 직업을 물어보려다 애써 참았다. 초면에 결례를 하는 것 같아서였다. 그날 이후로 찬삼과 정면은 둘도 없는 친구가 되었다.

1950년 5월 12일, 동숭동 문리과대학 운동장에서 서울대학교 졸업식이 열렸다. 칠엽수라고도 부르는 마로니에 잎이 햇볕에 반짝였다. 원래 졸업식은 7월에 열릴 예정이었으나 시국이 어수선하고 5월 30일 제2대 총선도 예정되어 있어서 앞당겨졌다.

스물 네 살 젊은 청년 김찬삼은 전쟁의 소용돌이 속에서도 세계일주를 생각했다.

'시작은 어디서부터 어떻게 해야 하지?'

그는 도서관으로 향했다. 오래된 세계지도 앞에 서서 손가락으로 바다를 따라 천천히 움직였다. 동방에서 서방으로 이어지는 길. 찬이형과 나누었던 약속이 다시 떠올랐다. 그러나 지금 그 길은 너무 멀고, 너무 조심스러워 보였다. 전쟁은 모든 길 위에 드리운 거대한 장벽 같았다.

며칠 뒤, 찬삼은 교사가 되기로 결심했다. 사람들은 그 선택을 두고 안정적이라며 살했나고 칭친했다.

"요즘 같은 때엔 교사가 제일이야."

그러나 찬삼의 마음은 달랐다. 교실을 피난처로 삼으려는 것이 아니었다. 오히려 교실을 출발점으로 삼고 싶었다. 학생들과 함께 지도를 펼치며 책으로 배운 지리가 과연 살아 있는 지리인지, 사람들의 삶과 숨결을 품고 있는지 확인하고 싶었다.

그의 첫 발령지는 종로 수송동에 있는 서울 숙명여자고등학교였다. 붉은 벽돌 건물과 단정한 교정, 교복을 입은 여학생들이 분주히 오가는 학교였다. 교실 창문 너머로는 서울의 지붕들이 겹겹이 이어졌다. 가끔씩 전차가 지나가는 소리가 멀리서 들려왔다.

첫 수업 날, 찬삼은 칠판 앞에 서서 잠시 학생들을 바라보았다. 반듯하게 앉은 학생들의 눈빛에는 호기심과 경계가 함께 담겨 있었다.

“지리는 외우는 과목이 아닙니다.”

아이들 사이에서 작은 웅성거림이 일었다.

“지리는 우리가 서 있는 이 자리에서 시작됩니다.”

그는 칠판에 한반도 지도를 그린 뒤, 천천히 선을 바깥으로 넓혀 갔다. 그리고 학생들에게 물었다.

“이 강은 왜 여기로 흐를까요?”

학생들은 서로 얼굴을 보며 생각에 잠겼다.

“산이 있어서요.”

“물이 낮은 데로 가니까요.”

찬삼은 미소를 지으며 고개를 끄덕였다. 그 대답들 속에는 교과서에는 없는 감각, 살아있는 사고가 담겨 있었다.

수업이 끝난 뒤, 그는 빈 교실에 홀로 남아 창밖을 바라보았다. 거리 위로 사람들과 전차가 오가고 있었다. 그 길들 역시 하나의 지도였다. 사람들의 발과 선택으로 매일 새롭게 그려지는 지도였다.

‘그래, 지리는 발로 배워야 해.’

그날 이후 찬삼은 서울의 길을 걷기 시작했다. 학교에서 하숙집까지 일부러 돌아갔고, 종로와 남대문, 한강변을 천천히 걸었다. 시장에서 상인들의 말을 들었고, 강둑에 서서 물의 흐름과 도시의 숨결을 함께 살폈다. 작은 걸음들이 모여 마음속에서 하나의 살아 있는 지도가 만들어졌다.

전쟁의 그림자는 점점 짙어졌지만, 찬삼의 걸음은 멈추지 않았다. 오히려 그는 더 단단해졌다. 세상이 흔들릴수록, 발로 딛는 땅의 감각을 잃지 않으려 했다.

밤이면 그는 다시 세계지도를 펼쳤다. 지도 위의 나라들은 여전히 그 자리에 있었다. 비록 현실에서는 포성이 가까워지고 길이 막혀 가고 있었지만 사람들의 삶과 문화까지 사라질 수는 없다는 믿음이 그의 가슴에 자리 잡았다.

'언젠가 반드시 실행할 거야.'

찬삼은 속으로 되뇌었다. 지금은 교실에 서 있지만, 언젠가는 책을 내려놓고 세상으로 나갈 것이다. 전쟁이 끝나고 길이 다시 열리면 내 발로 걸으며 세계를 확인하리라.

그것은 평온의 상징이 아니라, 혼란 속에서도 잃지 말아야 할 방향이었다. 전쟁 앞에서 졸업한 청년 김찬삼은 그렇게 조용하지만 단단한 결심 하나를 가슴에 품었다.

책이 아닌 발로, 지도 속이 아닌 삶 속에서 지리를 배우겠다는 결심을.

석 달 동안 빼앗겼던 서울을 수복했지만 전쟁은 끝날 듯 끝나지 않았다. 1950년 12월에는 학교를 잠시 부산으로 옮기기도 했다. 하지만 교사의 길은 계속 이어졌다.

6. 울릉도, 독도 탐방

1953년 3월 찬삼은 인천고등학교 지리 교사로 근무지를 옮겼다. 찬삼은 아버지의 도움을 받아 중고 지프차를 한 대 샀다. 순전히 여행을 위한 투자였다. 그 차를 타고 털털거리며 대구와 울산, 경주, 포항, 전주, 군산, 광주, 여수, 목포를 두루 답사하고 다녔다.

휴전이 되고 1년 뒤인 1954년 찬삼은 여름방학을 이용하여 울릉도와 독도를 탐방하는 계획을 세웠다.

〈우리 국토의 최동단 울릉도와 독도 탐방대 모집〉

찬삼의 홍보와 설득에 힘입어 인천고등학교 교사 3명과 학생 10여 명이 독도 탐방대에 참가했다. 탐방대원들은 포항에서 오후 5시에 금파호를 타고 울릉도로 향했다. 이 배는 150톤급인 목선이었다. 16시간의 긴 항해였다. 아침 9시경 도착할 때까지 모두들 멀미 때문에 구토를 하기도 하고 어지러움증을 호소하기도 했다.

동료 교사 이성룡이 탐방대장인 김찬삼에게 말했다.

목선 금파호에 탄 울릉도, 독도 탐방대원들

"김찬삼 선생은 여행을 위해 태어난 사람 같아. 타고난 건
강 체질이 정말 부럽네."

이 무렵 울릉도로 가는 여객선 노선은 항로 여건이 매우 열
악했다. 정기적인 접안 시설도 없어서 배를 대기도 어려운 실
정이었다.

"모두들 보조선을 타고 이동해야 합니다. 서두르지 말고 차
례를 지켜 나룻배에 승선하기 바랍니다."

선장의 말이 갈매기 울음소리보다 크게 들렸다. 독도 탐방
대를 비롯한 승객들은 마중 나온 작은 보조선을 갈아 타고 도

동항으로 이동해야 했다.

아침 일찍 울릉도 도동항에 도착해 보니 울릉도에는 바퀴 달린 물건이라곤 하나도 없었다. 자동차는커녕 자전거도 한 대 없었다. 여기저기 오징어들이 빨래처럼 널려 있을 뿐이었다. 일행은 오징어국, 오징어무침으로 끼니를 때웠다.

"울릉도는 우리나라에서 아홉 번째로 큰 섬으로 화산 폭발로 생겨났어요. 우리가 내일 탐방할 독도는 울릉도와 함께 아직 뭍에 드러나 있는 몇 안 되는 젊은 화산체입니다. 이들의 구체적인 형성 과정은 아직 연구 중이나, 동해가 벌어지고 지각이 얇아져 마그마가 줄줄이 형성된 결과로 보고 있어요. 울릉도는 가파른 산사면이 에워싼 채로, 중앙은 말발굽 모양으로 움푹 파인 분지, 즉 칼데라가 발달해 있지요. 칼데라 벽면을 따라 봉우리가 있는데, 바로 오늘 탐방할 성인봉입니다. 성인봉은 해발 984m로 깊은 동해 해저면으로부터 화산 분출로 쌓아 올려진 성층 화산의 일종입니다."

모두 김찬삼의 설명에 귀를 기울이고 있었다. 탐방대는 그날 오후 성인봉 정상에 올랐다. 성인봉에서 바라본 동해 바다는 수평선만 늘어서 있고 끝이 보이지 않았다.

다음 날 탐방대는 목적지인 독도를 향했다. 마침 '한국령 독도'라는 비석을 싣고 독도로 가는 경비정이 있어서 비교적 편안하게 가게 되었다.

독도에 도착하니 일본제 38구경 총을 든 한복 차림의 독도

의용수비대원 외에는 아무도 살지 않는 무인도였다. 이끼 낀 절벽에는 거친 파도가 철썩일 뿐이었다. 잘 곳은 물론 먹을 것도 없었다. 아니, 당장 마실 물 한 컵도 없었다.

수비 대장이 일행에게 다가와 말했다.

"대한민국 영토 독도를 탐방하는 분들은 정말 귀한 분들입니다. 잘 오셨습니다. 우리 독도의용수비대는 모두 33명으로 구성되어 있습니다. 저는 의용대장 홍순칠입니다. 요즘은 황영문 부대장과 서기종 전투 1대장과 함께 지키고 있습니다."

서기종 전투대장은 동굴 천장에서 한 방울씩 떨어지는 물을 모아서 쓴다고 했다. 참으로 독도 탐방은 고행의 연속이었다. 독도를 떠날 때는 배가 없어서 난감했다. 마침 경비대를 위해 보급품을 싣고 온 통통배가 있어서 그 배를 이용할 수 있었다.

탐방대원 13명이 타니까 배가 가득 찼다. 창파에 바가지를 띄워 놓은 것 같은 항해 10여 시간 만에 강원도 죽항에 도착했다. 거센 파도와 싸우느라 모두 배멀미를 하여 죽을 상이었다. 대원들 모두 녹초가 되었는데도 김찬삼은 구리빛으로 웃는 얼굴이었다.

인천고등학교[2] 교실에는 늘 바다 냄새가 희미하게 섞여 들

---

2) 오늘날 인천고등학교는 1971년에 주안4동으로 이전했다. 그곳은 인천정보산업고등학교(반도체고등학교)가 사용하고 있다.

어왔다. 창문을 조금만 열어 두면, 염분 섞인 바람이 칠판 가루 냄새와 뒤섞여 교실 안을 맴돌았다. 멀리서 배의 뱃고동 소리가 들려올 때면 학생들은 저도 모르게 고개를 창밖으로 돌렸다.

지리 교사 김찬삼은 칠판 앞에 서 있었다. 분필로 그린 지도 위에는 유럽과 아프리카, 아시아가 한눈에 들어오도록 펼쳐져 있었다. 그는 잠시 말을 멈추고 아이들의 얼굴을 하나하나 살폈다. 교복을 단정히 입은 학생들의 눈동자에는 아직 가보지 못한 세계에 대한 막연한 호기심이 담겨 있었다.

"얘들아,"

찬삼이 조용히 입을 열었다.

"지도에 있는 이곳은 정말 이렇게 생겼을까?"

학생들 사이에서 작은 웅성거림이 일었다. 누군가는 고개를 갸웃했고, 누군가는 지도와 교과서를 번갈아 바라보았다.

"책에 그렇게 나와 있는데요?"

"선생님, 지도는 다 맞는 거 아니에요?"

찬삼은 미소를 지었지만, 그 웃음에는 오래 묵은 질문이 담겨 있었다. 그는 분필을 내려놓고 창가로 다가갔다. 창밖에는 인천항으로 이어지는 길과 그 너머로 반짝이는 바다가 보였다. 수많은 배들이 이곳을 떠나고 또 돌아왔다.

지도 위에서는 단순한 점으로 표시되는 항구였다. 하지만 실제의 항구는 사람들의 땀과 이야기로 살아 움직이고 있었다.

"지도는 약속이야."

찬삼은 천천히 말했다.

"사람들이 세상을 이해하기 위해 만든 약속이지. 하지만 약속이 언제나 현실과 똑같을 수는 없단다."

아이들은 말없이 그의 말을 들었다. 찬삼의 마음속에서는 또 하나의 목소리가 울리고 있었다.

'그래, 직접 가 보지 않으면 알 수 없어.'

그 생각은 갑자기 떠오른 것이 아니었다. 숙명여고에서, 그리고 지금 인천고에서 교단에 서는 동안 그는 수없이 지도를 펼쳤다. 또 수없이 질문을 던졌다. 그러나 아이들의 눈빛 속에서 그는 늘 같은 한계를 느꼈다. 비좁은 교실에서 세계를 담기에는 늘 아쉬움이 컸다.

수업이 끝난 뒤, 찬삼은 아이 하나를 불러 세웠다.

"너는 바다를 본 적 있니?"

"네. 여기요."

학생은 창밖을 가리켰다.

"그럼 저 바다 건너에는 뭐가 있을까?"

학생은 잠시 생각하다가 어깨를 으쓱했다.

"글쎄요…… 책에 나온 나라들이요?"

그 대답에 찬삼은 고개를 끄덕였다. 바로 그 지점이었다. 책에 나온 나라들. 이름으로만 아는 세계.

그날 이후 찬삼은 교실 수업에 작은 변화를 주기 시작했다.

지도 옆에 신문 기사를 붙였고, 항구에서 만난 선원들의 이야기를 들려주었다. 어떤 배는 남미로 향했고, 어떤 배는 아프리카를 돌아 다시 인천으로 돌아왔다. 아이들의 눈은 점점 반짝였다.

"선생님, 진짜 그렇게 멀리 가요?"

"거긴 덥대요? 무섭대요?"

질문은 늘어났고, 찬삼의 가슴도 함께 뛰기 시작했다. 아이들의 질문은 곧 자신의 질문이기도 했다.

집으로 돌아오는 길, 그는 인천항 근처를 천천히 걸었다. 석양에 물든 바다가 붉그스레 빛났다. 갈매기들은 끼룩거리며 낮게 날았다. 배 위에서 일하는 사람들의 얼굴에는 피로와 기대가 함께 묻어 있었다. 그 모습은 오래전 인천 부둣가에서 배를 바라보던 어린 시절의 자신을 떠올리게 했다.

'나는 아직도 여기 서 있구나.'

그날 밤, 찬삼은 세계지도를 다시 펼쳤다. 지도 위의 선들은 여전히 반듯했지만, 그 안에 담긴 세계는 점점 숨 막히게 느껴졌다. 찬이형의 일기 속 문장이 다시 떠올랐다.

'언젠가 안데스를 넘고, 아프리카를 건너리라.'

그 문장은 더 이상 미래형이 아니었다. 지금 이 순간, 그의 발을 재촉하는 현재형이 되고 있었다.

며칠 뒤, 그는 교실에서 아이들에게 말했다.

"선생님은 언젠가 이 지도 속 나라들을 직접 보고 올 거야."

학생들은 놀란 눈으로 그를 바라보았다.

"그럼 우리한테도 이야기해 주세요."

그 말에 찬삼은 깊이 고개를 끄덕였다.

"약속할게."

그 약속은 아이들과의 약속이자, 자기 자신과의 약속이었다. 교실보다 넓은 세상, 지도보다 살아 있는 세계를 만나러 가겠다는 다짐.

찬삼은 인천고등학교에서 5년여 동안 지리를 가르치면서, 스스로를 현대판 '대동여지도 김정호'라 불렀다. 김정호의 고향은 찬삼의 고향인 신천과 가까운 토산(지금의 금천)이었다. 찬삼은 은근히 김정호를 존경했었다. 하지만 그게 꾸며 낸 허구라는 걸 알고 크게 실망했다.

"백두산을 세 번이나 오르고 조선 팔도를 다 돌아보며 대동여지도를 만들었다는 이야기는 허구야."

"허구라면 꾸며 낸 소설 같은 이야기라고요?"

"그래. 김정호는 19세기 지도 제작과 출판을 전문으로 한 연구자이자 출판가에 가깝지. 지도 제작을 위해 측량 장비를 들고 전국을 다닌 사람이라기보다 사무실에 앉아 기존 여러 지도들을 편집 제작한 인물일 가능성이 크단다."

"정말이어요? 우린 국민학교 때 고산자 김정호를 영웅으로 배웠는데요."

"물론, 김정호가 대동여지도를 만든 것은 역사적 사실이야. 하지만 대부분 꾸며 낸 이야기일 뿐이야. 김정호가 영웅으로 재탄생하기까지는 몇 가지 요인이 있어. 육당 최남선은 1925년 《동아일보》에 실은 「고산자(古山子)를 회(懷)함」이란 글을 실어 김정호 신화를 만든 거야. 김정호가 제작한 '대동여지도'의 구체적 제작 과정은 아직 알지 못하지. 최남선의 글 이후 소년 잡지들이 김정호 신화에 살을 덧붙이기 시작했어. 1929년 소파 방정환이 만든 잡지 《어린이》에 실린 「고산자 김정호 선생 이야기」가 한 예란다. 최남선의 「고산자를 회함」은 기본적으로 논설 형식의 글이라 사실관계가 그다지 많이 들어가 있지 않았지. 아이들에게 꿈과 희망을 심어 준다는 명목으로 소년 잡지들이 그 빈 부분을 상상력으로 채워 넣었어. 김정호가 전국을 다 돌아다니고 백두산을 몇 차례 오르내리며 갖은 고생을 다한 끝에 완성했다고 했지. 더욱 극적인 것은 대원군이 김정호와 어린 딸을 죽이고, 대동여지도 목판본도 불태웠다는 꾸며진 이야기가 이때 완성됐어. 다른 잡지 《학생》도 1929년 '북풍한설을 무릅쓰고 전국을 답사한 김정호' 이야기를 널리 알렸지. 김정호의 신화화는 일본의 지도 영웅 이노우 다다타카(1745~1818) 스토리를 기반으로 한단다. 이노우는 젊어서는 근검절약으로 집안을 일으키고, 쉰 넘어서는 일본 전역을 측량해 지도를 만든 영웅이다. 이노우는 당시 일본 변경이었던 홋카이도를 본격 탐험한 사람이야. 이 점을 생각하지 않고 이노우 이야기를 빌려 오다 보니 자연스레 김정호가 오지를 오가며 온갖 고생을 한 것처럼 묘사하게 되었지."

찬삼이 학생들에게 이렇게 말하자, 모두들 이상한 눈으로 쳐다보았다. 역사는 실증을 바탕으로 정확하게 기술해야 한다고 그는 생각했다.

그래서 주말마다 가방을 메고 전국 곳곳을 답사했다. 교과서 속 작은 글씨 하나하나를 실제 땅 위에서 확인하듯 걸었다. 그의 다리는 더욱 튼튼해졌다. 아버지에게서 물려받은 다리였다. 법정과 산을 오르내리던 다리의 기억은 이제 들과 강과 산과 마을을 지나고 있었다.

밤이 되면 그는 지도를 펼쳐놓고 하루를 정리했다. 연필로 선을 긋고, 메모를 남기며, 아직 가지 못한 곳을 바라보았다.

'언젠가는 이 지도 밖으로도 나가야지.'

그 생각의 끝에는 늘 인천의 바다가 있었다. 내동 집에서 마실 가듯 나가던 그 부둣가. 외국 선박의 깃발 아래에서 품었던 꿈.

인천항의 밤바다 위로 불빛들이 흔들리고 있었다. 그 불빛들은 마치 수많은 길처럼 이어져 있었다. 찬삼은 알았다. 언젠가 그 길 위에 자신이 서게 되리라는 것을.

교실에서 시작된 질문은 그렇게 세계를 향한 굳은 의지로 자라나고 있었다.

7. 미국 유학

1958년의 인천 내동은 여전히 바다 냄새가 짙었다. 그러나 김찬삼의 하루는 바다보다 지도에서 더 오래 머물렀다.

인천고등학교 교무실 한쪽, 낡은 책상 위에는 언제나 세계지도가 펼쳐져 있었다. 수업이 끝난 뒤에도 그는 쉽게 교실을 떠나지 못했다. 분필 가루가 남아 있는 손으로, 그는 지도 위를 천천히 더듬었다.

북미에서 중남미로, 다시 바다를 건너 아프리카와 중동까지. 손끝이 닿을 때마다 심장이 먼저 반응했다.

"선생님, 또 세계지도 보세요?"

학생 한 명이 웃으며 묻자, 그가 고개를 들었다.

"그래. 공부 중이다."

"시험에 나와요?"

찬삼은 잠시 생각하다가 말했다.

"시험보다는 인생에 필요하지."

학생은 그 말의 뜻을 다 이해하지 못했지만, 김찬삼의 눈빛이 평소와 다르다는 것은 느낄 수 있었다. 그 눈빛에는 이미 교실밖의 길이 비쳐 있었다.

그 무렵, 그의 꿈은 더 이상 마음속에만 머물지 않았다. 실행해야 할 때라는 생각이 들었다. 인천의 바다에서, 형의 일기장에서, 그리고 수많은 지도 위에서 키워 온 꿈이었다.

'일단은 미국으로 유학을 가서 세계여행의 발판을 마련하자.'

찬삼은 종로구 인의동에 있는 대법관 사택으로 아버지를 찾아갔다.

그는 아버지에게 어렵게 유학이야기를 꺼냈다.

"아버지, 제가 뜻한 바가 있어서 미국으로 유학을 떠나고 싶습니다. 허락하여 주십시오."

"그래, 더 넓은 세계를 공부하기 위해서라면 좋은 생각이다. 다만 언행을 신중하게 하고, 늘 건강을 생각하기 바란다."

아버지는 예상과 달리 선뜻 동의를 해 주었다. 그는 내색은 안 했지만 뛸듯이 기뻤다.

그날 밤, 찬삼은 오래도록 잠들지 못했다. 세계지도를 펼쳐 놓고, 손가락으로 대륙을 따라 천천히 움직였다. 그러나 이번에는 길이 멀게 느껴지지 않았다. 아버지의 허락이, 그의 두 다리가 되어 주고 있었다.

'그래, 지구 끝까지 두 발로 걸어가자.'

찬삼은 마음속으로 되뇌었다. 두려움이 사라진 것은 아니었다. 그러나 이제 그는 알고 있었다. 두려움 역시 걸어가며 배워야 할 풍경이라는 것을.

바깥에서 파도 소리가 다시 들려왔다. 마치 출발을 재촉하는 신호처럼. 찬삼은 편지를 접어 가방 속에 넣었다. 그 가방은 아직 가벼웠지만, 그 안에는 이미 세상을 향한 가장 단단한 준비가 담겨 있었다. 아버지에게서 온 한 문장은 그렇게 김찬삼의 첫 번째 여권이 되었다.

그날 밤, 김찬삼은 혼잣말처럼 말했다.

"아버지, 건강하게 잘 다녀오겠습니다."

그의 세계를 향한 첫걸음은 여행이 아니라 유학의 형태였다. 그는 샌프란시스코 주립대학 대학원 지리학과에 입학하기로 마음먹었다. 미국에 있으면서 준비하는 것이 더 유리하다고 판단했다. 세계로 나아가기 위한 발판이었다.

1958년 9월, 그는 태어나서 처음으로 비행기에 올랐다. 김포공항에서 도쿄 나리타로 간 후 환승하여 하와이를 거쳐 샌프란시스코로 갔다.

창밖으로 보이는 하늘과 바다는 끝이 없었다. 지도에서 보았던 넓은 푸른 면이 이제는 현실이 되어 그의 눈앞에 펼쳐지고 있었다.

비행기 안에는 생김새가 다른 여러 나라 사람들이 타고 있었다. 영어가 오가고, 낯선 억양의 말들이 뒤섞였다. 찬삼은 그 말들을 모두 알아들을 수 없었다. 흑인 한 명이 그를 힐끗 바라보며 물었다.

"왜 그렇게 웃고 있소?"

찬삼은 잠시 생각하다가 천천히 대답했다.

"말이 안 통해도 웃음은 잘 통하니까요."

그 말에 흑인 청년은 어깨를 으쓱하며 웃었다. 하얀 이가 건강하게 느껴졌다. 그 순간 찬삼은 알았다. 자신이 준비해 온 가장 중요한 것은 돈도 언어도 아닌 태도라는 것을.

태평양 위를 날며 그는 오래도록 바다를 내려다보았다. 끝없는 물결은 두려움이기도 했지만, 동시에 약속처럼 느껴졌다. 이 바다를 건넜다는 사실 하나만으로도 그는 이미 어제의 자신과는 다른 사람이 되어 있었다.

미국 땅에 내리자 공기는 사뭇 달랐다. 거리의 냄새, 사람들의 걸음걸이, 건물의 높이까지 모든 것이 새로웠다. 찬삼은 잠시 멈춰 서서 그 풍경을 마음속에 담았다. 지도 속 나라가 아니라, 숨 쉬는 나라가 눈앞에 있었다.

그는 작은 숙소에 짐을 풀고 곧바로 길로 나섰다. 거리에서 만난 사람들에게 서툰 영어로 말을 걸었고, 통하지 않으면 웃었다. 어떤 이는 친절하게 길을 알려 주었고, 어떤 이는 고개를 갸웃했지만, 대부분은 그의 미소에 웃음으로 답했다.

그날 밤 찬삼은 공책에 짧게 적었다.

'오늘, 세상은 생각보다 덜 두렵다.'

태평양을 건넌 첫날 밤, 그는 낯선 도시의 소음 속에서 잠들었다. 두려움도 있었지만, 설렘이 더 컸다. 이제 여행은 책 속 이야기가 아니었다. 그의 발과 눈, 그리고 웃음으로 이어지는 현실이 되었다.

미소 하나를 들고 시작한 이 길이 어디까지 이어질지는 아직 알 수 없었다. 그러나 한 가지는 분명했다. 김찬삼의 여행은 이제 막 시작되었다는 것. 그의 다리는 이미, 세계를 향해 움직이고 있었다.

그는 영어 공부보다 미소 연습을 더 많이 했다는 사실을 떠올렸다. 말이 통하지 않아도 웃음은 통한다는 것을, 그는 본능적으로 알고 있었다.

"스마일."

그는 스스로에게 여러 번 그렇게 말했다.

샌프란시스코의 아침 공기는 인천의 바다와는 전혀 다른 냄새를 가지고 있었다.

김찬삼은 기숙사 창문을 열고 한동안 밖을 바라보았다. 안개가 천천히 도시를 감싸고 있었고, 언덕 위로 늘어선 집들은 마치 지도 위의 기호처럼 질서정연해 보였다. 그는 이 도시가 마음에 들었다. 바다를 품고 있으면서도 세계로 뻗어나가는 문을 여러 개 가진 곳이었기 때문이다.

"여기가 네가 말하던 코리아냐?"

처음 만난 미국인 친구가 물었을 때, 그는 웃으며 고개를 끄덕였다.

"그래, 난 한국을 떠나 세계로 가려는 거야."

찬삼은 언제나 '어디에서 왔는지'보다 '어디로 가고 있는지'를 더 중요하게 생각했다.

샌프란시스코 주립대학 대학원 지리학과 석사과정에 입학했다. 강의실에서 그는 다시 학생이 되었다. 칠판에는 새로운 지명이 가득했고, 교수의 발음은 때로 알아듣기 어려웠다. 그러나 지리는 언어가 달라도 통했다. 산맥의 흐름, 해류의 방향, 사막과 강의 관계는 세계 어디서나 같은 법칙을 따르고 있었다.

"미스터 김! 이 지역의 기후를 어떻게 설명하겠나?"

교수가 물으면 그는 잠시 생각한 뒤 또박또박 대답했다.

"사람이 어떻게 살아왔는지를 보면 알 수 있습니다."

교수는 흥미롭다는 듯 고개를 끄덕였다. 김찬삼의 답은 언제나 지도 밖을 향해 있었다.

찬삼은 여행 경비를 스스로 마련하고 싶었다. 유학을 허락한 아버지께 더 이상 부담을 주고 싶지 않았다. 그는 정원사 기술을 배워 일곱 달 동안 관상용 나무를 손질하기도 하고, 아르바이트로 유나이트 항공사 기내 청소를 했다. 공항 내 자동차 운전사로 4시간씩 일하기도 하며 2천 달러를 모았다.

김찬삼의 진짜 공부는 강의가 끝나는 순간부터 시작되었다. 주말이면 그는 가방 하나를 메고 길을 나섰다. 버스를 타고, 기차를 타고, 때로는 히치하이킹[3]을 하며 북미 대륙을 가

알래스카 원주민 가족

로질렀다.

찬삼이 가장 가보고 싶은 곳은 알래스카였다. 이글루라는 얼음집에 산다는 알래스카 원주민의 모습이 보고 싶었다. 산처럼 솟은 빙하를 보고 싶고, 찬란하게 빛나는 오로라도 보고 싶었다.

알래스카는 서쪽으로 베링 해와 해협을 사이에 두고 시베리아와 마주보고 있다. 북쪽과 북서쪽으로는 북극해, 남쪽으로는 태평양과 알래스카 만, 동쪽으로는 캐나다의 유콘 준주

---

3) 지나가는 차를 얻어 타고 이동하는 것.

에 접해 있다.

찬삼은 길에서 원주민 중년 남자를 만나 웃으며 인사했다.

"이글루를 구경하고 싶어요. 가 볼 수 있을까요?"

"좋아요. 누추하긴 하지만 저희집으로 안내할게요."

"이글루를 만들려면 얼음이 많이 필요하지요?"

"아닙니다. 쌓인 눈을 사용하지요. 나무 막대로 쌓인 눈을 찌르면서 적절한 눈을 선별합니다. 나무 막대가 너무 쉽게 푹푹 들어가는 눈은 너무 무르고, 나무 막대가 박히지 않는 눈은 너무 단단해 자르기가 어려워요. 직딩한 굳기로 굳은 눈을 골라 잘라서 쓰지요.

원주민은 자신의 집으로 찬삼을 안내했다.

"옛 조상들은 눈을 자를 때 고래 뼈로 만든 칼을 썼지요. 지금은 톱이나 칼을 사용합니다. 얼음은 단열이 안 되지요. 알맞은 크기로 잘라서 집까지 가져오려면 노동력과 시간이 많이 들기도 하고요."

이글루는 생각보다 훨씬 아늑하고 편안했다. 집 안에는 아내와 아들 한 명, 어린 딸이 둘 있었다.

집에서 멀지 않은 곳에 빙하가 있었다. 찬삼은 원주민 가족과 함께 빙하를 보러 갔다.

마침 초록색 오로라가 빛나기 시작했다.

"이곳 사람들은 '신의 영혼'이라는 이름으로 불러요. 그 빛이 마치 새벽 빛과 같기 때문이지요. 오로라는 가끔 분홍색,

빨간색, 주황색, 노란색, 민트색, 드물게는 보라색, 흰색, 밝은 갈색 같은 다채로운 색깔로 보이기도 합니다."

가끔 틱틱거리는 소리가 희미하게 들렸다. 뭔가 약한 폭발이 일어나는 소리와 비슷했다.

찬삼이 알래스카를 다녀온 지 얼마 후 아버지가 태평양을 건너 샌프란시스코로 날아왔다. 미국의 사법제도 시찰차 출장을 온 것이다. 미국 땅에서 아버지를 만나니 반가운 마음이야 이루 말할 수 없었다. 그런데 찬삼은 마음속에만 품고 있던 말을 꺼내지 못했다.

"아버지, 저 세계여행을 떠나고 싶습니다. 허락해 주십시오."

그가 차마 입 밖으로 꺼내지 못한 까닭은 형을 의식해서였다. 자전거 사고로 형을 잃고 슬퍼하던 아버지를 생각하면 입속에서만 맴돌았다.

로스앤젤레스의 뜨거운 태양 아래에서 그는 이민자들의 거리를 걸었고, 시카고에서는 강과 철도의 만남을 유심히 바라보았다. 뉴욕 항구에 서서, 인천 부두에서 처음 느꼈던 그 설렘을 다시 떠올렸다.

"세상은 정말 넓군요."

함께 길을 걷던 친구의 말에 그는 웃으며 대답했다.

"넓은 게 아니라, 이어져 있는 거죠."

그의 노트에는 이동 경로가 꼼꼼히 그려졌다. 샌프란시스코에서 로스앤젤레스, 다시 동쪽으로 시카고와 뉴욕. 그리고 남쪽을 향해 멕시코 국경을 넘는 선.

형의 교통 사고 이후, 김찬삼은 졸지에 집안의 2대 독자가 되었다. 아버지 김세완에게 아들은 단순한 자식이 아니라, 집안을 이어갈 유일한 존재였다. 그 무게를 김찬삼도 알고 있었다.

'세계여행을 위해서는 우선 아버지의 허락을 받아야지.'

찬삼은 아버지를 설득하기 위한 편지를 쓰려고 책상 앞에 앉았다. 편지지를 펴 놓고 생각을 펼쳤지만, 펜 끝은 종이 위에서 몇 번이나 멈췄다.

그는 이미 마음속으로 수없이 이 편지를 써 보았다. 그러나 막상 글자로 옮기려니, 문장 하나하나가 쉽지 않았다. 편지는 단순한 소식이 아니었다. 지금까지 걸어온 길을 정리하고, 앞으로 걸어갈 길을 허락받는 일이었기 때문이다.

'아버지는 내 뜻을 어떻게 받아들이실까?'

찬삼은 잠시 펜을 내려놓고, 어린 시절의 기억을 떠올렸다. 매주 산을 오르던 아버지 김세완의 뒷모습. 말없이 앞서 걷던 그 넓은 등. 힘들어 숨이 차올라도 아버지는 늘 같은 속도로 걸었다. 기다려주지도, 재촉하지도 않았다. 다만 끝까지 걸어갈 뿐이었다.

그 기억이 찬삼의 등을 곧게 세웠다. 그는 다시 펜을 들었다.

'아버지께. 저는 미국에서 건강하게 잘 지내고 있습니다. 이제 중남미와 아프리카, 중동 지역을 답사하며 견문을 더 넓히려고 합니다. 그리고 그 길에, 세계를 직접 체험해 보고 싶습니다.'

1958년 샌프란시스코에서 아버지와 함께

그는 교실에서 느낀 한계를 솔직하게 적었다. 지도를 가르치며 오히려 더 많은 질문이 생겼다는 것. 책으로 배운 지리가 사람들의 삶과 얼마나 다른지 알고 싶어졌다는 것. 그리고형 찬이의 이름을 조용히 적어 내려갔다.

'형이 끝내 가지 못한 길을, 제가 대신 걸어 보고 싶습니다.'

편지는 길지 않았다. 찬삼은 마지막 문장을 한참 고민하다가 이렇게 적었다.

'허락이 아니라, 제 선택을 말씀드리는 것임을 용서해 주십시오.'

편지를 봉투에 넣는 순간, 그의 손은 약간 떨렸다. 봉투를 닫으며 그는 깊게 숨을 들이쉬었다. 이 편지는 돌아올 수 없는 다리 하나를 건너는 일이기도 했다.

국제우편이어서 기다리는 답장은 오래 걸렸다. 그 사이에도 찬삼은 아르바이트를 하며 여행 경비를 더 모았다. 일을 하면서도 자꾸만 편지 생각이 났다. 창밖을 바라볼 때마다, 길 위에 서 있는 자신과 아버지의 얼굴이 겹쳐 보였다.

어느 오후, 우편함 속에서 작은 봉투 하나를 발견했다. 낯익은 아버지의 글씨였다. 찬삼은 한동안 그 봉투를 열지 못하고 서 있었다. 바람이 불어와 봉투 모서리를 살짝 흔들었다.

그는 천천히 봉투를 열었다. 안에는 짧은 종이 한 장이 들어 있었다. 예상보다 훨씬 짧은 문장이었다.

–네가 결심한 여행은 하되 다음 사항을 꼭 실천하기 바란다.

만사에는 선후완급이 있으니 특별히 유의하여라. 그 중에서도 용전(用錢)[4]에 있어서 처사(處事)에 있어서 행중(行重)에 있어서

1960년 1월 23일 겨울 밤 아버지 평신(平信)[5]

---

4) 평소에 잡비로 쓰려고 몸에 지니는 돈.

5) 탈 없이 무사하다는 소식.

그뿐이었다. 긴 설명도, 걱정도, 반대도 없었다. 찬삼은 그 문장을 몇 번이나 다시 읽었다. 그 낱말들은 오래전 인천 부둣가에서 들었던 아버지의 목소리를 그대로 품고 있었다.

"세상은 넓단다. 다리는 그걸 만나러 가는 도구지."

찬삼은 편지를 가슴에 꼭 쥐었다. 그리고 조용히 고개를 숙였다. 감사의 말도, 다짐의 말도 입 밖으로 나오지 않았다. 그저 마음속에서 단단한 무언의 약속이 만들어지고 있었다.

8. 굶주림도 배움이 되는 길

찬삼은 중남미와 아프리카 여행을 앞두고, 로스앤젤레스와 샌프란시스코 영사관을 찾아가 각국의 비자를 받았다. 그는 C.S. KIM. KOREA라고 수놓은 배낭 안에 누르스름한 방수용 점퍼와 등산모, 빨래를 자주 하지 않아도 입을 수 있는 진남색 셔츠, 정밀 지도, 여러 나라 현지인에게 선물할 사진 자료와 교육용 슬라이드 자료,

카메라 두 대와 필름 등을 담았다.

이윽고 1960년 6월 20일 찬삼은 유서를 썼다. 미시간대학에서 박사 공부를 하고 있는 친구 이정면과 한국의 아내에게 보내는 내용이었다.

- 나의 유서를 발견하는 분은 다음 주소로 연락하여 내 시신을 처리하
  게 해 주십시오.
- 내 목적을 위해서는 어떠한 고난도 기쁘게 받으려 하오. 설령 내가 무
  슨 사고로 죽더라도 서러워 마시오. 운명이라고 생각하고, 부모님을
  위로하여 주시오. 애들의 교육을 잘 부탁하오.
- 한국공사관 주소로 이 유서를 보내주기 바랍니다.

김찬삼은 우편요금 2달러를 여권에 끼워서 배낭에 넣었다.

찬삼이 페루의 콘셉시온에 도착한 것은 어두컴컴한 저녁 무렵이었다. 비가 내리고 바람이 불어 거리가 쓸쓸했다. 찬삼이 비를 맞으며 걷고 있을 때, 말쑥한 신사가 다가와 영어로 말을 걸었다.

"도와드릴까요?"

찬삼은 반가워서 미소를 지으며 그의 손을 잡았다.

"저는 한국에서 온 여행가 김찬삼입니다. 반갑습니다."

"아, 저는 알폰스라고 합니다. 이곳에서 조금 남쪽에 있는 로스 안젤스에 있는 방송국에서 일합니다. 이곳에 볼일이 있어서 왔습니다. 낯선 곳을 여행하려면 많이 피곤하지요."

알폰스는 찬삼의 어깨에 멘 배낭을 덥썩 잡으며 말했다.

"숙소를 정하지 않았으면 저와 함께 가시지요. 좋은 곳은 아니지만, 친구처럼 같이 지내도 되니까요."

“실례가 안 된다면 저야 좋지요.”

찬삼은 알폰스가 참 친절하다고 생각했다. 그를 따라가 그가 며칠 머물 하숙집에서 함께 지내게 되었다. 싹싹한 성격의 찬삼은 알폰스와 금방 친해질 수 있었다.

“내일은 저와 함께 방송국에 갑시다. 방송에 출연하여 한국을 소개하며 칠레에 온 소감도 말씀해 주세요.”

“고맙습니다. 정말 멋진 일입니다.”

찬삼은 알폰스를 따라 방송국에 갔다. 알폰스가 특집 프로그램을 짜서 ‘칠레의 인상’이란 제목으로 대담 방송을 한 것이다. 여자 아나운서가 질문하고 알폰스가 통역을 했다.

찬삼은 그곳에서 닷새 동안 머물다가 그의 집으로 갔다. 알폰스는 방송국 차량에 찬삼을 태우고 여기저기를 구경시켜 주었다. 찬삼은 비오비오에 있는 라하폭포가 인상에 남았다.

“우리 칠레와 한국이 문화 교류를 하면 어때요? 초등학교와 고등학교를 하나씩 정해 자매학교를 맺는 것도 좋겠어요.”

“아, 모두 좋은 의견입니다.”

찬삼은 다음 날 방송국 공개홀에서 강의를 했다. 200여 명의 청중들 앞에서 백여 장의 슬라이드 사진으로 한국을 소개했다. 사진을 본 청중들은 한국의 여인들이 예쁘다고 박수갈채를 보냈다. 이튿날 찬삼이 거리를 거닐자 방송을 본 시민들이 ‘코리아노’를 외치며 환호를 보냈다.

“찬삼 씨 별명을 마르코폴로 세군도(2세)라고 할게요. 같은 탐험가니까요.”

“마르코폴로 2세라고 불러준다니 참으로 영광입니다.”

“난 찬삼 씨가 아주 좋아요. 찬삼 씨가 가르친 멋진 제자를 소개해 주면 그녀를 아내로 맞고 싶어요. 농담이 아니라 정말입니다. 어제 사진 보고 반했어요.”

찬삼이 알폰스의 집에 머무는 동안 그의 어머니는 아들처럼 대해 주었다. 서툰 솜씨지만 배추에 후추가루를 넣은 샐러드와 쌀밥을 해 주기도 했다. 밥은 설었지만 그 성의가 무척 고마웠다. 찬삼은 억지로 밥을 전부 먹었다.

떠나기 전날 밤, 알폰스의 어머니는 찬삼의 손을 잡고 눈물을 흘렸다.

“앞으로는 세뇨르 킴(김 선생)이 아니라, 한국에서 온 아들이라 부르고 싶은데, 어때요?”

“좋아요. 어머니, 고맙습니다!”

찬삼은 그녀를 덥썩 끌어안았다. “어머니”라는 말을 하니 갑자기 울컥해졌다.

찬삼은 알폰스 어머니의 지극한 사랑에서 친어머니와 같은 정을 느꼈다.

“남쪽으로 내려가면 추워질 테니 옷을 껴입고 가요. 감기에 걸리면 안 되니까.”

그녀는 알폰스가 입던 반코트와 장갑까지 내주었다.

“잊지 않을게요, 어머니.”

오른 쪽부터 알폰스, 어머니, 숙모, 여동생

"여행을 무사히 마치고 돌아가면 맨 먼저 나한테 편지해요. 그때까지는 내가 안심할 수 없으니까."

그녀는 찬삼의 머리카락을 어루만지며 슬퍼했다.

칠레인들은 우정을 표시할 때 오른손을 서로 잡고 왼손으로는 서로의 등을 토닥여 주었다. 알폰소는 찬삼을 꼭 끌어안더니 슬그머니 놓았다. 그는 눈물을 글썽였다.

찬삼은 알폰스의 손가락에 반지를 끼워주었다. 한국에서 급할 때 쓰려고 가져온 금반지였다.

"아니야, 찬삼. 난 이걸 절대 받을 수 없어. 지니고 다니다 꼭 필요할 때 써."

그는 한사코 손을 뿌리쳤지만 찬삼도 고집을 꺾지 않았다.

"그동안 친형제처럼, 가족처럼 대해 줘서 정말 고마웠어. 잊지 않을게."

찬삼과 알폰스는 그렇게 영어로 석별의 정을 나누었다.

멀어져가는 찬삼의 등 뒤로 알폰스의 울먹이는 목소리가 들렸다.

"이봐, 찬삼. 아니 마르코폴로 2세! 난 한국에 가서 아내를 얻을 거야. 그 약속 결코 잊지 마."

찬삼도 코가 맹맹해진 채 소리쳤다.

"알았어, 형! 꼭 한국에 와. 멋진 형수님 소개해 줄게."

중남미의 태양은 가차 없었다. 아침부터 내리쬐는 햇빛은 돌바닥을 달궜다. 시장 골목에는 과일과 향신료, 땀 냄새가 뒤섞여 떠돌았다. 사람들은 빠른 걸음으로 오갔고, 상인들의 외침은 리듬처럼 이어졌다.

김찬삼은 시장 한쪽 그늘에 서서 그 풍경을 바라보고 있었다. 배낭은 여전히 무거웠고, 주머니는 거의 비어 있었다. 며칠째 제대로 된 식사를 하지 못한 탓에 속이 허전했지만, 그는 일부러 배를 움켜쥐지 않았다.

'이것도 길 위의 공부겠지.'

그는 그렇게 스스로를 다독였다. 여행을 떠나기 전에는 지도 위에서만 보던 나라였다. 그러나 이곳에서는 굶주림도 현실의 일부였다. 돈이 없다는 사실은 부끄러운 일이 아니라, 그저 또 하나의 조건일 뿐이었다.

시장 안쪽에서는 옥수수를 굽는 냄새가 풍겨왔다. 찬삼은 무심코 그쪽을 바라보다가 시선을 거두었다. 바라본다고 배가 채워지는 것은 아니었기 때문이다. 대신 그는 사람들의 얼굴을 유심히 살폈다. 흥정하는 손짓, 웃음과 다툼이 섞인 표정들. 그 모든 것이 이 땅의 지리였다.

한참을 서 있던 그의 앞에 작은 그림자가 드리워졌다. 열 살쯤 되어 보이는 아이였다. 아이는 손에 빵 한 조각을 들고 있었다. 빵은 크지도, 새것도 아니었다.

아이는 잠시 머뭇거리다가 빵을 내밀었다.

"……."

말은 없었지만, 뜻은 분명했다.

찬삼은 순간, 어떻게 반응해야 할지 몰랐다. 거절해야 할지, 감사히 받아야 할지. 그러나 아이의 눈빛에는 계산이 없었다. 그저 나누고 싶다는 마음만 담겨 있었다.

그는 조용히 웃으며 빵을 받았다.

"정말 고맙다."

아이는 그의 말을 알아듣지 못했지만, 웃음은 통했다. 아이도 따라 웃었다. 그 웃음은 시장의 소음 속에서도 또렷하게 느껴졌다.

찬삼은 빵을 천천히 먹었다. 크지 않은 한 조각이었지만, 그날 그가 먹은 어떤 음식보다 깊은 맛이 났다. 배보다 마음이 먼저 채워지는 느낌이었다.

"세상은 생각보다 따뜻하군."

그는 혼잣말처럼 중얼거렸다. 그 말은 아이에게 하는 말이자, 스스로에게 하는 말이기도 했다.

빵을 다 먹고 나자, 그는 공책을 꺼내 몇 줄을 적었다.

'굶주림은 부끄러운 것이 아니다.

그것은 이 땅을 이해하는 또 하나의 방법이다.'

해가 조금 기울 무렵, 시장의 분위기도 달라졌다. 사람들은 천천히 짐을 정리했고, 아이는 다시 어딘가로 사라졌다. 찬삼은 그 아이의 뒷모습을 한동안 바라보다가 길을 나섰다.

발걸음은 여전히 무거웠지만, 마음은 가벼웠다. 오늘 배운 것은 지도의 정보가 아니었다. 사람의 마음, 나눔의 온도, 그리고 웃음의 힘이었다.

그날 밤, 그는 허기진 배를 안고 잠자리에 들었다. 그러나 잠들기 전, 그 빵의 온기와 아이의 웃음이 오래도록 가슴에 남아 있었다.

여행은 언제나 풍족하지 않았다. 그러나 찬삼은 알게 되었다. 부족함 속에서도 배울 것은 넘쳐난다는 것을. 굶주림마저도 길 위에서는 하나의 스승이 되고 있었다.

안데스 고원의 아침은 숨부터 달랐다. 공기는 얇았고, 숨을 들이쉴 때마다 가슴 깊숙한 곳이 서늘해졌다. 태양은 가까이 있는 듯 강렬했지만, 바람은 칼날처럼 차가웠다. 김찬삼은 외투 깃을 여미며 천천히 고원을 올려다보았다. 발 아래로는 끝없이 이어지는 갈색의 땅과, 그 위를 스쳐 가는 구름의 그림자가 펼쳐져 있었다.

그의 곁에는 조랑말 한 마리가 서 있었다. 작은 체구였지만, 고원의 길에 익숙한 듯 묵묵히 땅을 딛고 있었다. 말의 숨결이 하얗게 피어오를 때마다, 찬삼은 이곳이 지도 속의 선이 아니라 살아있는 세계임을 다시 느꼈다.

"괜찮겠니?"

그는 말의 목을 가볍게 쓰다듬으며 혼잣말처럼 물었다. 조랑말은 고개를 끄덕이듯 흔들며 짧게 울었다. 말과 사람 사이에는 언어가 없었지만, 길 위에서 맺어진 신뢰가 있었다.

고원에는 드문드문 돌로 쌓은 집들이 보였다. 전통 옷을 입은 사람들이 조용히 오가고 있었다. 그들의 얼굴에는 고된 삶의 흔적과 함께, 이 땅에 대한 단단한 자부심이 담겨 있었다. 찬삼은 그 모습을 오래 바라보았다. 안데스는 높았지만, 그곳에서 살아가는 사람들의 눈빛은 차분했으며 흔들리지 않았다.

잠시 후, 현지 안내인이 사진기를 들고 다가왔다. 찬삼은 조랑말 옆에 섰다. 바람이 불어 그의 머리칼을 흔들었고, 뒤로는 끝없는 고원이 펼쳐졌다. 그는 카메라 앞에서 잠시 눈을 감았다.

그 순간, 형 찬이의 얼굴이 떠올랐다. 자전거에 몸을 싣고 길을 떠나던 뒷모습, 그리고 일기장 속 마지막 문장.

'언젠가 안데스를 넘고, 아프리카를 건너리라.'

찬삼은 천천히 눈을 뜨고, 마음속으로 말을 건넸다.

"형, 여기까지 왔어."

셔터 소리가 짧게 울렸다. 그 소리는 바람 속으로 흩어졌지만, 찬삼의 가슴속에는 깊게 남았다. 이 사진은 단순한 기록이 아니었다. 멈춘 형의 길과 이어진 자신의 길이 한 장면에

겹쳐진 순간이었다.

사진을 찍고 난 뒤, 그는 고원의 바위에 잠시 앉았다. 숨은 여전히 가빴지만, 마음은 이상하리만치 평온했다. 안데스를 넘는 일은 용기의 문제가 아니라, 계속 걷는 문제라는 생각이 들었다. 한 걸음씩, 포기하지 않고.

해가 기울 무렵, 고원은 붉은빛으로 물들었다. 조랑말은 다시 길을 재촉했고, 찬삼은 배낭을 둘러메었다. 그는 마지막으로 뒤를 돌아보며 고원을 눈에 담았다.

'이 길은 혼자의 길이 아니었구나.'

형의 꿈, 아버지의 한 문장, 교실에서 만난 아이들의 눈빛. 시장에서 받은 빵 한 조각까지. 모든 것이 이 순간으로 이어져 있었다.

훗날 이 사진은 그의 책 맨 앞장에 실리게 된다. 글보다 먼저 독자를 맞이하는 한 장의 사진. 그것은 여행의 시작이자, 약속의 증명이었다.

안데스 고원 위에서, 김찬삼은 다시 한 번 다짐했다. 길은 멀고 험하지만, 멈추지 않겠다고. 형이 멈춘 자리에서, 자신은 계속 걷겠다고.

찬삼은 아마존강을 찾았다. 세계에서 가장 큰 아마존강은 지도에서 보던 것보다 훨씬 넓었다. 아니, '넓다'는 말로는 부족했다. 강은 끝이 아니라 세계처럼 느껴졌다. 하늘의 빛을 그대로 품은 수면 위로 통나무배가 미끄러지듯 나아가고 있었다. 물결은 조용했지만, 그 깊이와 힘은 말없이 존재감을 드러내고 있었다.

김찬삼은 배 가장자리에 앉아 두 손으로 난간을 잡고 있었다. 통나무를 깎아 만든 배는 흔들릴 때마다 낮게 울렸다. 물살은 배 밑에서 둔한 숨소리를 냈다. 주변의 숲은 벽처럼 서 있었다. 나무들은 하늘을 가릴 만큼 빽빽했다. 잎 사이로 스며든 햇빛은 초록색으로 부서졌다.

습한 공기가 피부에 달라붙었다. 땀이 이마를 타고 흘렀지만, 찬삼은 닦지 않았다. 이곳의 공기와 냄새, 소리까지 그대로 느끼고 싶었다. 새들의 울음소리, 어딘가에서 떨어지는 물방울 소리, 숲 깊숙한 곳에서 들려오는 이름 모를 생명의 기척이 강물 위로 흘러왔다.

배를 모는 현지인은 말수가 적었다. 넓은 등과 단단한 팔에는 오랜 시간 강과 함께 살아온 흔적이 배어 있었다. 그는 노를 저으며 가끔 강가를 힐끗 바라볼 뿐이었다. 강은 그의 삶이었고, 길이었다.

한참을 흘러가던 중, 현지인이 찬삼을 돌아보며 물었다.

"왜 여기까지 왔어요?"

질문은 짧았지만, 강처럼 깊었다. 찬삼은 바로 대답하지 못했다. 머릿속에는 지금까지 걸어온 길들이 스쳐 지나갔다. 인천의 부둣가, 산을 오르던 아버지의 뒷모습, 교실의 칠판, 태평양 위의 하늘, 굶주림 속에서 건네받은 빵, 안데스 고원의 차가운 바람.

그 모든 장면이 하나의 질문으로 모였다.

"세상을 배우러 왔어요."

그는 천천히, 그러나 분명하게 말했다. 현지인은 고개를 끄덕였는지, 아니면 단지 강을 본 것인지 알 수 없었다. 그는 아무 말도 하지 않은 채 다시 노를 저었다.

강은 대답하지 않았다. 그저 흐를 뿐이었다.

찬삼은 그 침묵이 싫지 않았다. 오히려 많은 말을 대신해 주는 것처럼 느껴졌다. 강은 누군가의 질문에 답하기 위해 흐르지 않았다. 강은 강이기 때문에 흐르고 있었다. 인간의 물음과는 상관없이, 수천 년을 그렇게 흘러왔을 것이다.

배가 잠시 강가에 닿았다. 현지 마을이었다. 나무로 엮은 집들이 물 위에 떠 있었고, 아이들이 맨발로 뛰어다니고 있었다. 아이들은 낯선 이를 보자 호기심 가득한 눈으로 바라보았다. 찬삼은 손을 들어 인사했고, 아이들은 깔깔 웃으며 따라 손을 흔들었다.

그곳의 사람들은 강과 함께 살고 있었다. 강은 길이었고, 시장이었으며, 놀이터이자 학교였다. 아이들은 수영을 하며 자랐고, 어른들은 물살을 읽으며 하루를 시작했다. 찬삼은 그 모습을 바라보며 지도의 한 줄이 떠올랐다.

아마존강가 원주민들은 쥐를 잡아 구워 먹었다. 추장은 맛 있다는 표정을 지으며 쥐고기를 내밀었다. 찬삼은 속마음을 감추고 웃어야 했다. 비위가 상했지만 그들과 친하게 지내기 위해 억지로 겨우 먹었다.

밤이 되자 강 위에는 별이 내려앉은 듯했다. 하늘의 별과 물 위의 별이 이어져, 어디가 위인지 아래인지 구분하기 어려웠다. 통나무배는 조용히 정박했고, 숲에서는 밤의 소리가 시작되었다. 낮과는 전혀 다른 세계가 열리고 있었다.

찬삼은 배 위에 누워 하늘을 올려다보았다. 별빛 사이로 나뭇잎의 실루엣이 흔들렸다. 그는 문득 깨달았다. 세상에는 '하나의 세계'만 있는 것이 아니라는 것을. 나라와 대륙만큼이나 많은 세계가 있고, 풍속이 다른 여러 종족이 있다는 것을, 같은 시간 속에서 각자의 방식으로 살아가고 있다는 것을……

'배운다는 건, 외운다는 게 아니구나.'

그는 마음속으로 되뇌었다. 배운다는 것은, 그 세계의 리듬을 잠시라도 느끼는 일이었다. 이해하지 못해도, 판단하지 않아도, 그저 함께 흘러보는 것.

다음 날 아침, 강 위에는 다시 안개가 내려앉았다. 통나무배는 강물의 흐름에 몸을 맡겼다. 현지인은 아무 말 없이 노를 저었고, 찬삼은 강을 바라보았다. 질문은 여전히 남아 있었지만, 답을 서두를 필요는 없다고 느꼈다.

강은 오늘도 흘러가고 있었다. 찬삼은 알았다. 이 강처럼,

자신의 여행도 누군가에게 설명하기 위해 존재하는 것이 아니라는 것을. 다만 계속 흐르기 위해, 멈추지 않기 위해 걷고 있을 뿐이라는 것을.

아마존강 위에서 그는 또 하나의 세상을 만났다. 지도에는 한 줄로 그려진 곳, 그러나 삶으로는 끝없이 펼쳐진 세계.

그리고 그 세계는 아무 말 없이, 묵묵히 그의 곁을 흘러가고 있었다.

9. 이구아수폭포와 마추픽추, 그리고 모아이상

찬삼은 브라질과 아르헨티나와 국경지역에 있는 이구아수폭포를 찾았다. 그는 폭포의 웅장함에 입을 다물지 못했다.

이구아수폭포의 높이는 82m이고, 너비는 북아메리카에 있는 나이아가라폭포의 4배인 4㎞이다. 낙차 지점에 있는 절벽 가장자리의 숲으로 뒤덮인 많은 바위섬들로 인해 높이 60~80m 정도 되는 275개의 크고 작은 폭포들로 형성되어 있다. 강의 이름과 마찬가지로 폭포의 이름도 '거대한 물'을 의미한다.

"이 폭포를 방문한 최초의 스페인의 탐험가는 알바르 누녜스 카베사 데 바카입니다. 1541년 그는 폭포 이름을 '살토데 산타마리아'라고 이름 지었지만, 곧 이구아수라는 본래 이름을 되찾았지요. 18세기에 예수회 선교사들이 폭포를 탐사하기 시작했지만, 1767년 남아메리카에서 온 예수회 선교사들의 제지로 중단되었답니다."

해설가의 설명을 듣고 숙소로 돌아온 찬삼은 다음과 같이 일기장에 썼다.

　－ 세계 3대 폭포 중 하나인 이구아수폭포는 나이아가라처럼 말굽과 비슷하게 생겼다. 변화 있게 많은 층계로 나눠져서 막대한 물의 양이 떨어지는 것이 특색이다. 물의 높고 낮음이 각기 달라 물 떨어지는 소리가 천차만별이다. 가만히 귀기울이면 마치 여러 가지 음악소리처럼 가지가지 다른 소리가 들린다. 이것이야말로 옛날부터 쉴 새 없이 연주되는 대자연의 교향악이다. 나이아가라는 인위적으로 많이 꾸며졌지만, 이구아수폭포는 원초적인 자연의 모습 그대로 볼 수 있기 때문이다.

이구아수폭포

　찬삼이 페루를 간 목적은 잉카제국의 유적인 마추픽추를 탐방하기 위해서였다. 그곳은 험준한 고지대에 있는 신비한 도시로, 황제의 별장이거나 대피소였을 것으로 추정하고 있다. '마추픽추'라는 말은 '오래된 봉우리'라는 뜻이다. 스페인의 식민지가 되고 천연두가 퍼지면서 점차 폐허가 되고 한동안 잊혀져 있었다.

"요새 도시인 이곳은 잉카 유판키 황제 때인 1400년대 후반에 지어졌어요. 80여 년 동안 사람들이 거주하다가 1530년대 무렵 완전히 버려진 것으로 추정됩니다. 고고학자들은 파차쿠티 황제가 군사 원정 도중에 마추픽추를 황실 휴식처 겸 긴급 대피소로 지었을 것이라 추정하고 있어요. 도시의 기능을 하고 있을 때에는 대략 750여 명이 거주하고 있었대요. 스페인의 식민지가 된 후, 천연두가 확산하고 잉카제국이 쇠퇴하면서 마추픽추도 함께 쇠락한 것으로 봅니다."

현지인 여행자가 쉴 새 없이 설명해 주었다.

그곳을 가기 위해서는 산을 깎아 만든 계단을 통해 오르내려야 했다. 찬삼은 2,400미터 정도의 높은 산 정상을 오르느라 지치고, 숨이 몹시 가빴다.

"잉카인들은 산 위부터 산 아래층까지 물이 고이지 않고 자연스럽게 내려가는 정교한 수로를 만들었어요. 비가 아무리 많이 와도 물웅덩이 하나 생기지 않고 전부 식수로 사용했다고 합니다. '태양의 신전'은 거대한 자연석을 거의 손대지 않고 지었습니다."

유적을 관리하는 해설사가 설명해 주었다.

지리 교사인 찬삼은 이 유적에 대해 특별히 관심이 많았다. 학생들에게 직접 본 것을 가르치는 것이 좋다는 신념 때문이다. 인천고등학교 교실에서 학생들에게 이구아수폭포와 나이아가라폭포의 웅장함을 얘기할 때, 한 아이가 말했다.

"선생님, 뻥치지 마세요. 가 보지도 않으셨으면서……."

찬삼은 그 말을 지나치려다 말고 학생을 똑바로 바라보았다.

"그래 네 말이 맞다. 책에서 본 것을 말했지만, 언젠가는 내가 직접 발로 찾아가 볼 거다."

이러한 약속이 찬삼을 세계 여행가, 세계의 나그네로 만드는 계기가 되었다.

마추픽추는 1911년 미국의 탐험가이고 정치가인 하이럼 빙엄에 의해 알려졌다. 그는 원주민 소년의 증언을 토대로 실체를 확인할 수 있었다. 당시 사람들은 계단식 밭을 일구어 감자, 옥수수 등을 재배하였다. 또한 라마나 알파카 등의 동물들도 함께 데리고 와서 길렀다.

빙엄은 우루밤바 계곡을 쭉 훑어내려가면서 그곳에 있던 모든 유적들을 샅샅이 발굴했다. 결국 인근에서 잉카제국의 임시 수도인 비트코스, 그리고 잉카 최후의 항전지인 빌카밤바를 발견하는 데에도 성공했다고 한다.

찬삼은 이곳을 찾기 위해 쿠스코에서 출발해 옛 잉카의 길을 따라 마추픽추까지 가는 잉카 트레킹 코스를 이용했다.

찬삼은 페루 농림부 소속 조사반과 함께 페루에 있는 아마

마추픽추

존강(Rio Amazonas) 상류를 탐방했다. 아마존강은 유역 면적과 유량이 세계 최대이다. 아마존강을 최초로 탐험하여 여자전 사 부족과 격전을 벌인 오레야나는 이곳을 그리스 신화에 나 오는 여자무사족인 아마존의 나라로 생각하고 이름을 붙였 다. 이 강은 하구의 폭이 약 240km나 되며, 물의 양도 미시 시피강의 10배나 되고, 지류는 1,000개가 넘는다.

'아마존'은 일반적으로 부르는 이름이다. 페루에서는 상류 에서 이키토스까지를 마라뇬, 이키토스에서 대서양까지를 아 마소나스라고 부른다.

페루 조사반원들은 찬삼을 아마존 상류의 지류인 아프리 막(Aprimac)강으로 안내했다. 그곳 강가에는 아까시나무, 월

계수, 능소화 같은 나무들이 우거져 있었다. 조사반장이 문득 이런 말을 했다.

"아프리막강은 장마 때도 물의 흐름이 느려, 수상교통이 편리합니다. 이곳 이름 없는 작은 하천의 이름을 김찬삼강(Rio Kim Chansam)이라고 하면 어떨까요?"

찬삼은 기분이 좋았지만, 얼른 아니라는 생각이 들었다.

"정말 멋진 제안에 감사드립니다. 하지만 제 이름을 넣는 것보다 우리나라 이름을 넣는 게 더 좋다고 생각합니다."

"그럼 리오코리아노(Rio Coreano)라고 부르기로 할까요?"

"예, 그렇게 하는 것이 좋겠습니다."

페루 농림부 조사반장은 찬삼의 배낭에 새겨진 태극기를 보며 엄지척을 해 주었다. 찬삼도 활짝 웃으며 조사반장의 손을 잡아주었다. 그 후로 페루에 '코리아노강'이 생기게 되었다.

아프리막강

찬삼은 칠레 서쪽의 남태평양에 있는 이스터섬을 찾아갔
다. 이곳은 페루의 리마에서 비행기로 다섯 시간 정도를 날아
가야 하는 고립된 섬이다. 그래서 이곳은 지구에서 가장 외딴
곳으로 불린다.

이스터섬을 찾은 것은 인류의 미스터리 중 하나로 손꼽히
는 모아이상을 보기 위해서이다. 신비감을 불러일으키는 석
상들이 해안에 늘어서 있다. 거대한 석상들은 산 정상 부근
등 섬 곳곳에서 쉽게 눈에 띈다. 날카로운 콧날에 신비로운
웃음, 건장한 체구가 눈길을 사로잡았다.

그런데 온갖 꽃들로 장식된 공동묘지에 눈길이 머물었다.

'묘지들이 이렇게 아름다울 수도 있구나.'

찬삼은 화려하게 꾸며진 묘지를 보고 이런 생각을 했다.

"옛날 이곳에서는 부족 간에 대표를 뽑는 의식이 행해졌다
고 해요. 저 멀리 맨끝에 있는 섬까지 헤엄쳐 가서 갈매기알
을 먼저 가져오는 사람이 지배자가 되는 거죠."

찬삼은 현지 주민의 이야기를 들으며, 제주도에 온 것 같다
는 느낌이 들었다. 그는 모아이상을 배경으로 사진도 찍었다.

현지인이 다소 상기된 표정으로 덧붙였다.

"지금으로부터 150여 년 전 영국 해군이 이스터섬에 상륙
했어요. 그들은 엄청나게 무거운 석상을 군함에 싣고 가서 빅
토리아 여왕에게 바쳤습니다. 그 석상은 지금껏 대영박물관
에 전시되고 있어요. 지금 우리 주민들은 영국에 빼앗긴 모아

이상의 반환을 요구하고 있습니다. 우리 원주민들은 이 모아 이상을 '라파누이'라고 불러요. 하지만 영국은 아무런 반응이 없습니다."

찬삼은 일제 강점기에 우리 유물을 빼앗아간 일본을 생각하며 잠시 분한 마음에 잠겼다.

모아이상 앞에서 포즈를 취한 김찬삼

10. 책이 되어 돌아온 여행

1961년 여름, 그는 다시 한국으로 돌아왔다. 출발할 때와 같은 몸이었지만, 안에는 전혀 다른 세계가 들어 있었다. 계절은 어느새 몇 번이나 바뀌어 있었다. 공항의 공기는 낯설지 않았지만, 그는 자신이 예전과 같지 않다는 것을 느꼈다. 배낭은 여전히 가벼웠지만, 그 안에는 수많은 길과 얼굴, 목소리가 담겨 있었다.

공항의 조사실은 창문이 없었다. 형광등 불빛이 낮게 웅웅거리며 천장에서 내려앉아 있었고, 회색 벽은 소리를 삼키는 듯했다. 김찬삼은 작은 탁자 앞에 앉아 있었다. 장거리 비행의 피로가 몸에 남아 있었지만, 그는 허리를 곧게 세웠다.

탁자 위에는 그의 배낭에서 꺼낸 물건들이 가지런히 놓여 있었다. 수십 장의 사진, 낡은 노트 여러 권, 접힌 지도들, 그리고 모서리가 닳은 여권. 조사관은 그 물건들을 하나하나 넘기며 눈썹을 찌푸렸다.

"사진이 아주 많군요."

“네. 세계 여러 나라를 다니다 보니…….”

“군사 시설은 아니고요?”

조사관의 목소리는 무미건조했지만, 눈빛은 진중했다. 찬삼은 고개를 저었다.

“사람들입니다.”

조사관은 사진 한 장을 집어 들었다. 아프리카의 마을, 아이들이 웃으며 손을 흔드는 모습이었다. 다음 사진에는 안데스 고원의 노인이 담겨 있었다. 또 다른 사진에는 통나무배 위의 강이 펼쳐져 있었다.

“이건 또 뭡니까?”

그는 노트를 펼쳤다. 빼곡한 글씨, 날짜와 지명이 뒤섞여 있었다. 어떤 페이지에는 급히 그린 지도가 있었고, 어떤 곳에는 짧은 문장이 적혀 있었다.

‘두려움은 지나가고, 경험은 남는다.’

조사관은 그 문장을 소리 내어 읽었다.

“이게 다 뭐요?”

찬삼은 잠시 생각했다. 어떻게 설명해야 할지, 어떤 말이 가장 정확할지 골라야 했다. 그는 미소를 지으며 말했다.

“지구촌은 모두 우리의 이웃입니다.”

조사관은 잠시 말을 잇지 못했다. 방 안의 공기가 멈춘 듯 느껴졌다.

“지구촌? 세상?”

"네. 제가 걸어서 다녀온 세상입니다."

찬삼의 목소리는 차분했다. 그는 변명하지도, 변호하지도 않았다. 그저 사실을 말하고 있었다.

조사관은 다시 사진을 넘겼다. 사진 속 사람들의 표정은 하나같이 달랐다. 웃는 얼굴, 지친 얼굴, 무표정한 얼굴. 그러나 모두 살아있었다.

"왜 이런 걸 모았습니까?"

"잊지 않으려고요."

"뭘 말입니까?"

"사람이 어떻게 사는지."

조사관은 의자에 등을 기대며 숨을 내쉬었다. 그는 찬삼을 다시 바라보았다. 먼지가 묻은 신발, 해진 소매, 그러나 흐트러지지 않은 눈빛.

"직업은?"

"고등학교 교사입니다."

"교사가 왜 이런 여행을?"

찬삼은 교실의 학생들을 떠올렸다. 지도 앞에서 고개를 갸웃거리던 얼굴들.

"학생들에게 거짓말을 하고 싶지 않아서요."

"거짓말?"

"지도 속 세상이 진짜라고 말하려면, 제가 먼저 가 봐야 했습니다."

조사관은 한참을 아무 말도 하지 않았다. 시계 초침 소리만이 조사실을 채웠다.

마침내 그는 서류를 덮었다.

"이상한 사람은 맞군요."

찬삼은 웃었다.

"많이 들었습니다."

조사관의 입가에도 묘한 웃음이 스쳐 지나갔다. 그는 배낭을 돌려 주며 말했다.

"이상은 없습니다. 가셔도 됩니다."

찬삼은 자리에서 일어나 배낭을 메었다. 조사실 문을 나서며 그는 잠시 뒤를 돌아보았다.

"사진, 하나 드릴까요?"

조사관은 고개를 저었다가, 다시 끄덕였다.

"아프리카 아이들 사진이 좋아요."

찬삼은 사진 한 장을 꺼내 건넸다. 조사관은 그것을 웃으며 받아 들었다.

문이 닫히고, 찬삼은 공항의 밝은 홀로 나왔다. 사람들의 발걸음 소리, 안내 방송, 여행 캐리어가 끌리는 소리가 한꺼번에 밀려왔다.

그는 잠시 서서 숨을 들이마셨다.

'세상은 여전히 넓다.'

오해를 받았던 시간조차, 그의 여행의 일부였다. 그는 알았다. 길 위에서 만나는 모든 시선과 질문이 자신을 더 단단하게 만든다는 것을.

찬삼은 다시 걸었다. 이번에는 새로운 목적지가 아니라, 또 하나의 이야기를 향해. 그의 배낭 속에는 여전히 사진과 노트가 들어 있었다. 그것은 간첩의 증거가 아니라, 한 여행자가 세상과 맺은 약속이었다.

그의 첫 번째 세계 여행은 그렇게 끝났지만, 사실은 이제 막 시작된 것이었다. 그의 다리는 이미 알고 있었다. 다시 길을 나서게 되리라는 것을.

그는 다시 교실로 돌아왔다. 칠판과 책상, 분필 냄새. 익숙한 풍경 속에서 아이들은 여전히 지도를 펼쳐 놓고 있었다. 하지만 찬삼의 눈에 지도는 더 이상 종이가 아니었다. 그 위에는 안데스의 바람이 불고 있었다. 아마존의 강물이 흐르고 있었으며, 가봉의 숲에서는 아이들의 웃음소리가 들리는 듯했다.

"선생님은 정말 세계를 다녀오셨어요?"

학생 하나가 손을 들고 물었다.

찬삼은 잠시 웃으며 대답했다.

"다녀온 게 아니라, 걸어온 거지."

그 말은 학생들에게는 조금 어려웠지만, 교실 안에는 묘한 울림이 남았다.

그는 밤마다 책상 앞에 앉았다. 여행에서 찍은 사진들을 펼치고, 낡은 수첩을 꺼냈다. 페이지마다 빼곡히 적힌 글씨, 얼룩진 종이, 급히 끼워 넣은 지도 조각들. 그것들은 단순한 기록이 아니라, 그가 살았던 시간의 증거였다.

글을 쓰는 일은 여행과 달랐다. 길 위에서는 몸이 먼저 움직였지만, 글 앞에서는 마음이 먼저 흔들렸다. 어떤 장면을 남기고, 어떤 장면을 덜어낼지 고민해야 했다.

'이 길은 나 혼자만의 것이 아니니까.'

그는 그렇게 생각하며 문장을 고쳤다. 자랑이 되지 않도록, 과장이 되지 않도록. 대신 그곳의 공기와 사람들의 눈빛이 전해지기를 바랐다.

원고는 천천히 쌓여 갔다. 몇 달이 지나고, 마침내 한 권의 책을 탈고했다. 제목은 '세계 일주 무전여행기'였다. 가진 것 없이 떠났지만, 빈손은 아니었다는 뜻이 담겨 있었다.

1962년, 『세계 일주 무전여행기』가 세상에 나왔다. 책에는 100컷이 넘는 사진과 지도가 실렸다. 당시로서는 보기 드문 구성이었다.

그러나 그 책의 맨 앞을 장식한 것은 따로 있었다. 페루의 안데스 고원. 조랑말 옆에 선 한 여인과 함께 찍은 컬러 사진. 김찬삼은 그 사진을 형의 영전에 바치는 마음으로 맨 앞에 실었다.

안데스고원에서 여인과 함께

　책이 출간되자 사람들은 놀랐다. 신문에서는 '맨몸으로 세계를 걸은 교사'라는 제목을 붙였고, 서점에는 책을 찾는 사람들이 줄을 섰다. 많은 이들이 그 책을 통해 처음으로 세계를 만났다. 그리고 그가 밟은 길들은 훗날 수많은 사람들의 마음속 지도 위에 새로운 선으로 그려지게 될 것이었다.

　책은 보름 만에 3쇄를 찍었다. 그러나 그보다 더 중요한 것은 약속을 지켰다는 사실이었다. 김찬삼은 알았다. 여행은 끝나지 않았다는 것을. 이것은 시작에 불과하다는 것을. 그의 세계는 이제 실제의 길 위에 놓여 있었다.

안데스의 고원은 사진 속에서 숨 쉬었고, 아프리카의 밀림은 글자 사이에서 소리를 냈다. 사람들은 책장을 넘기며 자신이 가 보지 못한 곳을 상상했다.

어느 날, 찬삼은 학교 도서관에서 학생들과 함께 책을 읽고 있었다. 학생 하나가 책을 덮고 고개를 들었다.

"선생님, 이거 진짜예요?"

찬삼은 아이의 눈을 바라보았다. 그 눈에는 의심보다 설렘이 가득했다.

"그래."

그는 조용히, 그러나 분명하게 말했다.

"모두 내가 걸어온 길이란다."

학생들은 서로를 바라보며 웅성거렸다. 어떤 아이는 지도책을 펼쳤고, 어떤 아이는 창밖을 바라보았다. 교실 안에서 작은 여행이 시작되고 있었다.

찬삼은 그 모습을 보며 깨달았다. 자신의 여행은 끝난 것이 아니라, 이제 다른 사람들의 발로 이어지고 있다는 것을. 한 사람이 걸은 길이 책이 되어 수많은 사람의 마음속으로 들어가 또 하나의 길이 되고 있었다.

책이 되어 돌아온 여행은 그렇게 또 다른 출발이 되었다. 김찬삼은 알고 있었다. 아직도 세상에는 걸어야 할 길이 많이 남아 있다는 것을.

11. 사하라사막에 울려 퍼진 아리랑

1963년 1월 김찬삼은 제2차 세계여행을 떠났다. 동남아시아와 서남아시아를 거쳐 아프리카를 답사하는 여행이었다.

동남아 여행에서 특별히 기억이 남는 곳은 필리핀 민다나오섬에서 수상생활을 하는 모로족을 만난 일이었다. 모로족이란 스페인이 지배하던 시절 '이슬람교도'라는 뜻을 가지고 있다. 민다나오섬은 필리핀 수도 마닐라에서 비행기로 1시간 40분을 가야 나오는 섬이다. 이들은 작은 목선에서 생활을 하므로 배 자체가 집인 셈이다. 얕은 바다 위에 말뚝을 박고 집을 짓고 살기도 한다.

모로족들은 어린 시절부터 잠수와 수영을 배워, 맨몸 잠수 능력이 뛰어나다. 그들은 산소통 없이 깊은 바다로 잠수하여, 조개, 해삼을 채취하고 물고기를 잡기도 한다.

모로족 아이들은 바다가 놀이터이고 일터였다. 찬삼은 그들이 사는 수상 가옥에서 하룻밤을 보냈다. 낮에는 에머랄드 빛 바닷물이, 밤에는 금세라도 쏟아질듯한 별무리들이 장관

수상생활을 하는 모로족

을 이루었다.

또한 세부섬을 방문한 일도 특별했다. 세부섬에는 1521년 4월 27일 포르투갈 탐험가 페르디난도 마젤란이 원주민 추장에게 피살된 곳임을 표식으로 남겨 놓았다. 원주민 쪽에서는 '용감한 필리핀 사람이 최초로 유럽 사람을 쓰러뜨린 곳'이라 썼고, 마젤란 쪽에서는 '필리핀을 발견한 최초의 유럽 사람이 잠든 곳'이라 써 놓았다.

마젤란은 세부 지역의 정치 싸움에 개입하여 막탄섬을 공격했다. 마젤란은 60명의 병사를 이끌고 막탄섬에 상륙했다. 막탄섬의 추장인 라푸라푸는 항복을 거부하고 전사들과 함께 싸웠다. 막탄 전사들은 1,200명 정도여서 숫자로는 절대적으로 우세했다. 그들은 대나무 창과 화살, 돌로 공격했다. 마젤란은 불을 붙여 마을을 태우려고 했지만, 원주민의 창에 다리를 맞고 쓰러졌다. 결국 집중 공격을 받고 해변에서 전사했다. 매년 4월 27일에는 이 전투를 재현하는 '막탄 승리 축제'가 열린다.

'같은 사건을 놓고도 보는 관점에 따라 생각의 차이가 나는구나. 아전인수(我田引水), 즉 자기중심적인 해석이 아닌가. 자신의 입장만 강조하고, 상황을 자기에게 유리하게 끌고 가는 게 세상 이치지.'

찬삼은 이렇게 생각하며 묘한 웃음을 날렸다.

막탄섬 라푸라푸 동상

인도네시아 자카르타 여행 때는 탕쿠반 프라후 화산을 답
사한 것이 인상적이었다. 탕쿠반 프라후는 인도네시아 순다
지역의 대표적인 활화산이다. 차로 정상 근처까지 갈 수 있었
다. 차에서 내리자마자 유황 냄새가 코를 찔렀다. 지금도 살
아 있는 활화산이라는 사실이 실감 났다.

전망대에 올라가니 거대한 분화구가 한눈에 들어왔다. 갑
자기 소나기가 쏟아졌다. 천둥이 치고 번개가 요란했다. 찬삼
은 배낭에서 비닐을 꺼내 카메라를 몇 겹으로 감싸며 상념에
잠겼다.

'고생을 사서 하는구먼. 무더위를 식혀 주려고 소나기가 내
린다고 위안을 삼아야지. 화산 꼭대기에서 시지프스와도 같
이 시련을 겪는구나.'

탕쿠반 프라후 화산

찬삼은 아프리카 여행 때 숱한 고생을 했다. 아프리카에서의 고난과 시련은 말로 헤아릴 수 없었다.

'나를 아프게 해서 아프리카인가?'

찬삼은 이런 엉뚱한 생각을 하며 혼자 웃었다.

그는 남미에서 남아프리카공화국 수도 케이프타운에 가기 위해서 여객선에서 열흘을 견뎌야 하는 일도 있었다. 밀림속을 헤매다가 허기진 배를 움켜쥐고 주저앉던 일도 있었다.

'인도의 성자 마하트마 간디는 40일을 굶고도 살았다는데, 이까짓 굶주림 쯤이야 엄살이겠지.'

찬삼은 배고픔에 지친 스스로를 이렇게 단련했다.

그는 아프리카 차드에서 겪은 고생을 잊을 수 없다. 차드라는 차드호(Lake Chad)에서 나온 말로, '큰물'이라는 뜻이다.

'차드의 대부분이 사막이라는 것을 생각하면 어울리는 이름은 아닌 것 같군.'

찬삼은 이렇게 생각했다. 차드호는 사막화로 인해 저수량이 별로 없었다. 그는 빗물을 식수로 먹다 배탈이 나서 고생을 하기도 했다.

찬삼은 아프리카를 여행 할 때는 자동차 그리고 보행을 택했다. 사하라사막이 있는 수단은 아프리카 최대의 농업국이다. 나일강의 두 줄기인 백나일강과 청나일강이 만나는 곳이다. 그 때문에 아프리카에서 농업이 발달하여 '나일강의 기적'으로 일컬어지기도 한다. 수단이라는 이름은 아랍어로 '흑인들의 땅'이라는 의미의 '빌라드 알수단'에서 유래되었다. 수단에 위치한 사하라를 누비아사막이라고도 했다.

김찬삼은 기회가 있을 때마다 대한민국을 홍보하는 데도 열중했다. 찬삼은 수단의 어느 마을에서 옷을 벗고 사는 나체족 추장을 만났다. 그가 영어를 할 줄 안다고 해서 영어로 한국을 열심히 설명했다.

"대한민국은 아시아의 동쪽 중국과 일본 사이에 있어요. 전쟁의 상처를 딛고 지금은 '새마을운동'으로 잘살기 위해 열심히 일하는 나라지요."

아무리 설명해도 이해하지 못해서 지도를 펼쳐 놓고 설명을 해 주었다. 추장은 이해가 되었다는 듯 찬삼의 손을 덥석 잡으며 엄지척을 해 주었다. 찬삼은 방송국 기자나 프로듀서를 만나면 「애국가」와 「아리랑」 노래가 녹음된 테이프를 선물로 주기도 했다.

사하라사막 근처 숲에서 관광객들을 태운 버스가 잠시 멈추었다. 아침을 먹기 위해서였다. 찬삼은 빵 한 조각을 먹고, 피곤하여 나무 그늘 아래에 누워 있었다. 그런데 갑자기 귀에 익은 노래가 흘러나왔다. 아리랑이었다. 어떤 흑인 승객의 트랜지스터 라디오에서 흘러나오는 노래였다.

'이역만리 사하라사막에서 우리 민요를 듣다니….'

찬삼은 별안간 눈물이 솟구쳤다. 찬삼은 신경을 곤두세우고 귀를 기울였다. 노래가 끝나자 다음과 같은 해설이 나왔다.

"코리아 제노비아(남한 사람) 여행가 김찬삼 씨가 우리 방송국에 와서 전해준 테이프에 담긴 「아리랑」이란 한국 민요입니다."

찬삼은 얼마 전 수단의 수도 하르툼에 들러 국영방송국 프로듀서에게 「아리랑」이 녹음된 테이프를 선물한 적이 있었다.

그런데 얼마 후 황당한 사건이 찬삼을 기다리고 있었다. 수단에서 차드에 입국할 때는 길이 좋지 않았다. 그 때문에 지체되어 비자 유효 기간이 며칠 지나 통과사증 조차도 거부당했다.

"사정은 딱하지만 수단 이민국으로부터 갱신 비자가 나와야 통과할 수 있어요."

찬삼은 이민국 창고에 머무르며 2주 동안이나 자취를 하며 기다려야 했다. 그래도 창고 옆에 수도가 있어서 목욕을 하고 빨래를 할 수 있어서 다행이었다.

차드는 물가가 유난히 비쌌다. 가장 저렴한 여인숙의 하루 숙박료가 수단의 호텔 요금과 같았다. 토마토값이 수단의 5~6배 정도 되고, 음식값이 너무 비싸서 도무지 사먹을 엄두를 내지 못했다. 그는 간직해 온 말라붙은 빵조각을 며칠 동안 씹어야 했다.

12. 밀림의 성자를 만나다

1963년 11월 10일, 적도를 향해 가는 배 위에서, 김찬삼은 바다의 색이 달라지는 것을 보았다.

대서양의 푸른빛은 점점 탁해졌고, 공기는 무거워졌다. 숨을 들이마실 때마다 젖은 흙과 나무, 이름 모를 생명의 냄새가 코끝에 닿았다. 그는 이제 아프리카에 들어섰다는 것을 온몸으로 느꼈다.

그의 여행 경로는 아프리카 오지 탐험이었다. 지도 위에서는 몇 줄의 선에 불과했지만, 실제의 길은 더 거칠고 험난했다. 배에서 내려 다시 기차를 타고, 트럭에 몸을 싣고, 오토바이를 타기도 했다. 때로는 강을 건너기 위해 작은 배를 타야 했다.

해가 지는 속도는 아프리카에서 더 빨랐다. 낮 동안 머리 위에서 불타던 태양은 예고도 없이 숲 너머로 사라졌고, 밀림은 순식간에 다른 얼굴을 드러냈다. 낮의 초록은 어둠 속에서 검푸른 그림자로 바뀌었고, 공기는 더 짙고 무거워졌다.

김찬삼은 배낭을 끌어안은 채 밀림 가장자리에 서 있었다. 낮에는 길처럼 보이던 오솔길은 밤이 되자 흔적조차 알아보기 어려웠다. 나무와 나무 사이에서 바람이 스칠 때마다 마치 무언가가 움직이는 듯한 소리가 났다.

그리고 짐승의 울음소리가 들려왔다. 낮으면서도 분명하게. 어디선가 들려오는 맹수의 울음은 책에서 읽던 설명과는 전혀 달랐다. 그것은 글자가 아니라 진동이었고, 귀가 아니라 온몸으로 전해졌다.

찬삼의 심장은 그 울음에 맞춰 두근거렸다.

'무섭고 두렵다.'

그는 솔직하게 인정했다. 하지만 발걸음은 멈추지 않았다. 밀림 한가운데서 길을 잃는 것은 위험했지만, 그대로 서 있는 것도 답은 아니었다. 그는 숨을 고르고, 가장 가까운 마을 쪽으로 향해 걷기 시작했다.

얼마 지나지 않아 작은 초소 같은 건물이 보였다. 경찰서였다. 낡은 간판 아래에서 등불 하나가 희미하게 흔들리고 있었다. 찬삼은 안도의 숨을 내쉬며 다가갔다.

"여기서 잘 수 있을까요?"

서툰 영어와 손짓이 섞인 부탁이었다. 경찰은 찬삼의 배낭과 먼지투성이 얼굴을 한번 훑어보더니, 잠시 동료와 이야기를 나눴다. 그러고는 고개를 끄덕였다.

그날 밤, 찬삼이 몸을 누인 곳은 경찰서 유치장이었다.

쇠창살이 있는 작은 방, 바닥은 차가운 시멘트였다. 그러나 그는 불평하지 않았다. 오히려 밀림 한가운데에서 혼자 밤을 보내는 것보다는 이곳이 훨씬 안전하게 느껴졌다. 창살 너머로는 여전히 숲의 소리가 들려왔다. 울음, 날갯짓, 바람에 흔들리는 나뭇잎 소리.

그 소리들은 서로 섞여 하나의 밤을 만들고 있었다.

찬삼은 배낭을 베개 삼아 누웠다. 눈을 감으려 했지만, 쉽게 잠들 수는 없었다. 어둠 속에서는 생각들이 더 또렷해졌다. 그는 지금까지 지나온 길을 떠올렸다. 안데스의 찬 바람, 아마존의 흐르는 물, 그리고 지금 이 밀림의 밤.

'왜 나는 이런 곳까지 왔을까?'

질문은 여전히 남아 있었지만, 예전처럼 불안하지는 않았다. 오히려 질문과 함께 있다는 느낌이 들었다. 답을 찾지 못해도 괜찮았다. 질문이 그를 앞으로 걷게 만들고 있었으니까.

잠시 후, 경찰서 밖에서 발소리가 들렸다. 누군가 순찰을 도는 소리였다. 그 규칙적인 발걸음에 찬삼의 긴장은 조금씩 풀렸다. 밀림의 밤은 여전히 낯설었지만, 완전히 적대적이지만은 않았다.

그는 가방에서 작은 수첩을 꺼냈다. 손전등 불빛 아래에서 조심스럽게 글을 적어 내려갔다.

'두려움은 지나가고 경험은 남는다.'

글씨는 조금 떨렸지만, 문장은 단단했다. 그는 그 말을 적고 나서 한참을 바라보았다. 오늘의 밤이 언젠가 자신을 지탱해 줄 기억이 될 것임을, 이미 알고 있었다.

그날 밤, 찬삼은 짧은 잠에 들었다. 꿈속에서도 숲의 소리는 계속되었지만, 그는 더 이상 도망치지 않았다. 그저 그 소리들 사이를 걷고 있었다.

아침이 되었을 때, 밀림 위로 다시 햇빛이 스며들었다. 밤의 두려움은 물러가고, 숲은 또 다른 얼굴로 그를 맞이했다. 찬삼은 몸을 일으키며 조용히 미소 지었다.

"랑바레네로 가려면 아직 멀었습니다."

현지 안내인이 말하자, 김찬삼은 고개를 끄덕였다.

"멀수록, 가야 할 이유도 커지겠지요."

그가 향하는 곳은 가봉의 랑바레네. 적도 남쪽 약 60킬로미터 지점, 오고우에강을 따라 자리한 작은 마을이었다.

가봉의 숲은 아프리카의 다른 밀림과는 또 다른 숨결을 지니고 있었다. 나무들은 소리를 삼킨 듯 조용했다. 그 사이를 흐르는 바람은 낮고 길게 숨을 내쉬었다. 햇빛은 잎사귀에 걸려 잘게 부서졌고, 붉은 흙길 위에는 습기가 얇은 막처럼 깔려 있었다.

김찬삼은 그 흙길을 따라 천천히 걸었다. 며칠째 계속된 도보 여행으로 신발은 해졌고, 발바닥은 단단해져 있었다. 길 끝에 나타난 것은 병원이라기보다 오래된 학교나 수도원에 가까운 모습의 건물이었다. 판자로 된 벽, 녹슨 지붕, 그리고 그 앞에 조용히 모여 있는 사람들.

병원 마당에는 환자들이 차례를 기다리며 앉아 있었다. 다리에 붕대를 감은 소년은 통증을 참느라 이를 악물고 있었고, 노인은 지팡이를 두 손으로 꼭 쥔 채 땅만 바라보고 있었다. 아이를 업은 어머니는 힘없는 목소리로 아이를 달래고 있었다. 모두 가난했고, 모두 지쳐 있었지만, 이상하게도 그들의 얼굴에는 절망 대신 신뢰가 깃들어 있었다.

병원은 생각보다 소박했다. 나무로 지은 건물들이 흩어져 있었고, 그 사이를 환자들과 가족들이 오가고 있었다. 닭 사육장이었다는 흔적이 남은 건물도 눈에 띄었다.

"여기가 병원입니까?"

김찬삼의 질문에 간호사가 웃으며 답했다.

"처음엔 닭들이 살던 곳이었죠. 지금은 사람들이 희망을 두고 사는 곳이에요."

그날 아침부터 환자들은 줄을 이었다. 파상풍으로 몸이 굳어버린 아이, 말라리아로 고열에 시달리는 노인, 이질로 탈진한 젊은이. 병의 이름을 아는 것보다 살아야 한다는 사실이 먼저였다.

김찬삼은 물을 나르고, 침대를 옮기고, 약을 정리했다. 말은 거의 통하지 않았지만, 손짓과 눈빛으로 할 수 있는 일은 많았다.

"고맙습니다."

어느 순간, 서툰 프랑스어가 들려왔다. 흰 수염을 기른 노인이었다. 말로만 듣던 유명한 슈바이처 박사였다.

"저는 김찬삼입니다. 한국에서 왔습니다."

"아, 아주 먼 곳에서 오셨군요."

슈바이처는 그의 손을 오래 잡았다. 아흔을 넘긴 그 손은 악기 연주자의 손처럼 섬세했지만, 동시에 수많은 생명을 붙잡아온 손이었다.

"왜 여기까지 오셨습니까?"

김찬삼은 잠시 생각했다.

"길을 배우러 왔습니다. 사람에게로 가는 길을요."

슈바이처는 조용히 웃었다.

"그렇다면, 이미 절반은 오신 셈입니다."

병원에는 늘 소란이 있었다. 어떤 부족은 다른 부족의 환자를 실어 나르기를 거부했고, 병실 안에서 불을 피우는 일도 벌어졌다. 수술실에서 칼을 드는 의사를 마귀로 여기는 사람도 있었다. 모기장을 찢고 달아나는 환자도 적지 않았다.

슈바이처는 자신의 과거를 이야기해 주었다. 1913년, 서른여덟의 나이에 이곳에 처음 도착했을 때의 일. 병원이 없어 닭 사육장을 고쳐 진료를 시작했던 날들. 그리고 전쟁.

"저는 독일 국적이었고, 전쟁은 국적을 가리지 않았습니다."

그는 프랑스 군에 의해 포로가 되었고, 병원은 멈춰 섰다. 그러나 그는 돌아왔다. 국적을 바꾸고, 더 큰 병원을 세우고,

슈바이처와 김찬삼

농지를 개간해 자급자족의 길을 열었다.

"사람은 떠날 수 있지만, 책임은 떠나지 않더군요."

김찬삼은 그 말을 마음속에 적어 두었다.

밤이 되면 병원은 잠시 고요해졌다. 벌레 소리와 강물 소리 사이에서, 두 사람은 별을 바라보며 이야기를 나누었다.

"박사님은 왜 이렇게까지 하십니까?"

슈바이처는 잠시 침묵하다가 말했다.

"생명은 설명할 대상이 아니라, 존중해야 할 대상이기 때문입니다."

그는 자신의 철학을 '생명에 대한 경외'라고 불렀다. 살아 있는 모든 존재는 그 자체로 의미가 있으며, 문명이 지속되기 위해 가장 중요한 윤리라고 했다.

"문화란, 생명을 얼마나 귀하게 여기는가로 판단해야 합니다."

김찬삼은 자신이 지금까지 걸어온 길을 떠올렸다. 지도 위의 선들, 나라와 국경, 사람과 사람 사이의 거리.

'여행은 보는 일이 아니라, 책임지는 일이구나.'

"당신은 여행에서 무엇을 찾고 있나요?"

그 질문은 낮고 부드러웠지만, 찬삼의 가슴 깊숙한 곳을 정확히 건드렸다. 그는 한동안 말을 잇지 못했다. 인천의 바다, 형의 일기장, 안데스의 고원, 아마존의 강, 밀림의 밤이 한꺼번에 떠올랐다.

"사람이 사는 이유를요."

찬삼은 마침내 그렇게 대답했다.

슈바이처 박사는 잠시 그를 바라보다가 아주 작게 웃었다.

"그럼 봉사를 배워 가시오."

그 말 한마디로 찬삼의 여행은 방향을 틀었다.

찬삼은 일주일 정도만 머무를 생각이었다. 그러나 봉사활동을 더 하기 위해 그는 보름 동안 병원에 머물게 되었다.

첫날, 그는 물을 길어 나르고 침대를 닦는 일부터 시작했다. 두 번째 날부터는 간단한 치료를 돕게 되었다. 상처를 씻기고, 붕대를 감고, 아이들을 붙잡아 주는 일. 피와 고름을 처음 본 순간, 그는 잠시 고개를 돌렸지만, 곧 다시 돌아섰다.

"환자의 눈을 피하지 마시오."

슈바이처 박사의 말이었다.

"아픔을 보지 않으면 사람도 보이지 않네."

찬삼은 이를 악물고 다시 상처를 바라보았다. 아이는 울음을 터뜨렸고, 찬삼은 서툰 손으로 아이의 손을 꼭 잡았다.

"조금만 참아. 금방 끝나."

말은 통하지 않았지만, 손의 온기는 전해졌다. 아이는 울음을 멈추고 찬삼을 올려다보았다.

날이 지날수록 찬삼의 손놀림은 조금씩 익숙해졌다. 그는 약 이름을 외웠고, 증상을 기록했으며, 환자들의 얼굴을 기억하기 시작했다. 다리가 불편한 노인, 늘 웃던 소녀, 밤마다 열에 시달리던 아이……

어느 날 밤, 한 환자의 상태가 갑자기 나빠졌다. 모두가 긴장한 가운데 슈바이처 박사는 침착하게 지시를 내렸다.

"젊은이, 등불을 더 가까이."

찬삼은 떨리는 손으로 등을 들었다. 그 순간 그는 깨달았다. 이곳에서 배우는 것은 의술이 아니라 태도라는 것을. 생명을 대하는 태도, 두려움 앞에서 도망치지 않는 태도였다.

진료가 끝난 뒤, 찬삼은 조용히 물었다.

"박사님은… 무섭지 않으셨나요?"

슈바이처 박사는 잠시 생각하다가 대답했다.

"물론 무섭지. 하지만 두려움보다 해야 할 일이 앞에 있으면 발은 저절로 움직이네."

보름째 되는 날, 찬삼은 떠날 준비를 했다. 배낭은 여전히 무거웠지만 마음은 더 무거웠다.

"당신은 다시 길로 돌아가겠지."

슈바이처 박사가 말했다.

"네."

"그렇다면 기억하게. 길 위에서 만난 사람들에게 자네는 이미 빚을 졌네. 그 빚은 친절로, 기록으로, 또 다른 봉사로 갚게 될 걸세."

이별의 날 아침, 가봉의 숲은 유난히 고요했다. 새들은 평소보다 늦게 울었고, 병원 마당의 나무들은 바람이 없는지 잎 하나 흔들리지 않았다. 찬삼은 배낭을 다시 메고 병원 앞에 서 있었다. 보름이라는 시간은 짧았지만, 그의 마음에는 몇 해를 산 듯한 무게가 남아 있었다.

병원 건물은 여전히 소박했다. 그러나 이제 찬삼의 눈에는 처음과 달리 보였다. 낡은 판자벽 하나하나에 사람들의 숨결이 배어 있었고, 좁은 병실마다 살아남은 이야기들이 켜켜이 쌓여 있는 것처럼 느껴졌다.

마당으로 슈바이처 박사가 천천히 걸어 나왔다. 흰 머리는 더 희어 보였고, 얼굴에는 깊은 주름이 있었지만 눈빛은 또렷했다. 그는 찬삼을 보자 고개를 끄덕였다.

“이제 떠날 시간이군.”

“네, 박사님.”

찬삼의 목소리는 낮았지만 흔들렸다. 그는 이곳을 떠나는 것이 다음 여행지로 향하는 기쁨보다 소중한 한 부분을 남기고 가는 것처럼 느껴졌다.

슈바이처 박사는 찬삼과 함께 병원 마당을 천천히 걸었다. 아이들이 그들을 따라왔다. 붕대를 풀고 뛰어다니는 아이, 아직 회복 중인 아이, 그저 이별이 아쉬워 붙어 있는 아이들. 찬삼은 하나하나의 얼굴을 마음에 새겼다.

“젊은이.”

슈바이처 박사가 걸음을 멈추며 말했다.

“당신은 앞으로 많은 길을 걸을 사람이지.”

찬삼은 고개를 끄덕였다.

“하지만 길이 많다고 해서 모두 파야 하는 건 아니야.”

박사는 주변의 땅을 가리켰다. 붉은 흙이 드러난 땅, 여기저기 얕게 파인 흔적들이 보였다. 병원을 세우기 전, 물을 찾기 위해 사람들이 여러 곳을 파보았던 자리였다.

“처음엔 다들 여기저기 파지. 조금 파 보고 물이 안 나오면 옮기고 또 옮기고.”

그는 잠시 숨을 고른 뒤, 찬삼을 바라보았다.

“하지만 결국 물이 나온 곳은 한 자리를 오래 판 곳이었네.”

찬삼은 그 말을 가만히 들었다. 슈바이처 박사의 목소리는 낮았지만 단단했다. 그것은 조언이 아니라, 살아온 시간에서 길어 올린 문장이었다.

"한 우물을 파게. 물이 나올 때까지."

그 말은 짧았지만, 찬삼의 가슴 깊은 곳에 내려앉았다. 그는 자신이 지금까지 얼마나 많은 길을 궁금해했는지 떠올렸다. 세계지도 위의 수많은 나라들, 가 보지 못한 땅들. 그러나 이제 그는 알 것 같았다. 중요한 것은 '얼마나 많이 가느냐'가 아니라, '무엇을 끝까지 붙들고 가느냐'라는 것을.

"저는 여행을 계속하고 싶습니다."

찬삼이 조심스럽게 말했다.

"좋지."

슈바이처 박사는 고개를 끄덕였다.

"그렇다면 자네의 우물은 여행일 게야. 하지만 기억하게. 여행은 구경이 아니라 책임이네. 본 것을 기록하고 만난 사람을 잊지 않는 것."

찬삼은 깊이 고개를 숙였다.

"잊지 않겠습니다."

그날 병원 식구들은 간단한 작별 인사를 준비했다. 특별한 음식도 긴 연설도 없었다. 대신 손을 잡고 눈을 맞췄다. 아이 하나가 찬삼의 손에 작은 나무조각을 쥐어 주었다. 직접 깎은 것인지 거칠었지만, 따뜻했다.

"기억해."

말은 통하지 않았지만, 찬삼은 그 뜻을 알았다.

찬삼은 슈바이처 박사가 선물로 준 카키색 반바지를 입고 깊이 고개를 숙였다. 숲길로 들어서기 전, 찬삼은 마지막으로 뒤를 돌아보았다.

병원은 숲속에 묻힌 채 조용히 서 있었다. 그러나 그는 알았다. 그곳은 자신이 다시 돌아올 수 있는 하나의 기준점이 되었다는 것을.

걸음을 옮기며 찬삼은 마음속으로 그 문장을 되뇌었다.

'한 우물을 파라.'

그 문장은 이후 그의 삶에서 수없이 모습을 바꾸어 나타날 것이다. 길 위에서, 글을 쓰는 밤에 흔들릴 때마다.

하지만 그 뜻은 하나였다. 끝까지 가라.

가봉의 숲은 아무 말 없이 그를 보내주었다. 그리고 김찬삼은 다시 길 위에 섰다. 이제 그는 단순히 걷는 여행자가 아니었다. 자신만의 우물을 파기 시작한 사람이었다.

병원을 떠나 숲길을 걸으며 그는 마음속에 새로운 지도를 그렸다. 그 지도에는 국경도 산맥도 강도 없었다. 대신 사람들의 얼굴이 점처럼 찍혀 있었다.

'여행은 나를 위한 것이 아니다.'

그는 이제 확실히 알았다. 여행은 세상을 이해하는 방법이었고, 이해는 결국 누군가의 고통 앞에 서는 일이었다.

가봉의 숲은 여전히 조용히 숨 쉬고 있었다. 그리고 그 숲

한가운데서, 김찬삼은 평생 지니고 갈 하나의 배움을 얻었다.
사람이 사는 이유를.

슈바이처를 돕는 병원 사람들

13. 주황색 딱정벌레, 우정 2호

1970년 여름, 김찬삼의 세 번째 세계여행은 독일의 초록빛 숲길에서 잠시 멈추었다.

기차에서 내려 다시 배낭을 둘러멘 그는 독일 남부의 작은 마을을 향했다. 이전의 여행들이 두 다리와 미소, 그리고 지도 한 장으로 이루어진 길이었다면, 이번 여행은 조금 달랐다. 40대 중반으로 나이가 들었고, 세상은 여전히 넓었지만 그는 이제 '함께 가는 법'에 대해 배우고 있었다.

그 마을에는 올가 여사가 살고 있었다.

"미스터 C.S. 김, 한국인이군요. 우리 집에 초대할 테니 며칠 쉬었다 가도 좋아요."

올가 여사는 찬삼의 배낭에 새겨진 글씨를 보며 그의 이름을 불렀다. 찬삼의 가방에는 'C.S. KIM, KOREA'라는 글자가 새겨 있었다.

"고맙습니다, 여사님."

"저도 여행을 좋아하거든요. 하지만 미스터 김처럼 전문가는 아니지요.”

그녀의 독일어 발음 속에는 따뜻함이 배어 있었다. 찬삼은 여행 중 우연히 만난 올가 여사와 며칠 사이에 깊은 우정을 나누게 되었다. 올가 여사는 제2차 세계대전을 겪은 세대였고, 찬삼도 6·25전쟁을 겪으며 살아온 사람이었다. 서로의 이야기는 달랐지만, 침묵의 결은 비슷했다.

올가 여사의 집은 나무 냄새가 나는 오래된 가정집이었다. 창문 밖으로는 여름 햇살이 길게 늘어졌고, 정원에는 작은 꽃들이 질서 없이 피어 있었다.

“아프리카 여행은 힘들지 않았나요?”

그녀가 커피를 내리며 물었다.

“힘들지 않다면 여행이 아니겠지요.”

찬삼이 웃으며 답했다.

“정말 대단하세요. 밀림의 성자 슈바이처 박사와 보름 동안이나 생활하셨다는 것이…….”

“벌써 7년 전이군요. 슈바이처 박사님은 100세까지는 사실 줄 알았는데, 1965년 9월 4일에 돌아가셨어요. 제가 만나 뵙고 온 지 1년 10개월 후쯤이지요.”

“그때는 김 선생도 30대였겠네요.”

“네, 30대 후반이었지요. 지금보다는 더 패기가 있었지요.”

“지금도 기운이 넘쳐 보이는데요, 뭐. 아프리카 여행할 때는 주로 어떤 교통 편을 이용했나요?”

"중고 고물 오토바이를 타고 다녔어요. 연료가 떨어져 고생할 때도 많았지요."

찬삼은 아프리카 여행 중에 고생했던 추억이 떠올랐다.

찬삼은 며칠 동안 올가 여사의 집에서 쉬며, 다음 여정을 준비했다. 지도 위에서는 독일에서 네덜란드로 이어지는 길이 그려져 있었지만, 마음속 지도에는 이미 다른 선이 하나 더 그어지고 있었다. 사람과 사람 사이의 선이었다.

어느 날 아침, 올가 여사는 그를 마당으로 불렀다.

"미스터 김, 이리로 와 보세요."

마당 한가운데, 햇빛을 한껏 머금은 주황색 자동차 한 대가 서 있었다. 동그란 차체, 웃고 있는 듯한 헤드라이트. 폭스바겐 비틀, 사람들이 '딱정벌레'라고 부르던 바로 그 차였다.

올가 여사가 차를 쓰다듬으며 말했다.

"남편과 함께 2년 넘게 수많은 길을 달렸죠."

그녀의 손길에는 시간이 묻어 있었다. 찬삼은 말없이 차를 바라보았다. 이 작은 자동차가 지나온 세월과 거리들이 눈앞에 그려지는 듯했다.

"이제는 제가 더 멀리 가지 못해요."

올가 여사는 잠시 말을 멈췄다.

"하지만 이 아이는 더 오래 달릴 수 있어요."

그녀는 찬삼을 바라보며 천천히 말했다.

"당신의 여행에 동행하게 해 주세요."

찬삼은 순간 말을 잃었다. 자동차는 단순한 이동 수단이 아니었다. 그것은 책임이었고, 동행이었으며, 또 하나의 삶이었다.

"제가 받아도 될까요?"

그는 말을 잇지 못했다. 입이 벌어진 채 한참을 서 있었다.

"당신의 여행에 필요할 것 같아서요. 선물로 드리고 싶어요. 당신은 내가 존경하는 슈바이처 박사님을 도와드렸던 사람이잖아요."

올가 여사는 눈을 반짝이며 미소를 짓고 있었다.

"하지만 이건 너무……."

"선물이에요."

올가 여사는 단호했다.

"사람은 길 위에서 친구를 만나고, 친구는 길을 조금 더 멀리 가게 해 주죠."

그는 차의 보닛에 손을 얹었다. 차는 아직 따뜻했다. 마치 이미 그를 알고 있는 존재처럼.

"멋진 이름을 지어 주세요."

올가 여사의 말에 그는 잠시 생각하다가 말했다.

"우정 2호."

"왜 2호지요?"

"첫 번째 우정 1호는 오토바이였지요."

"아, 그렇군요."

올가 여사 모녀와 김찬삼

"고맙습니다, 여사님. 잊지 않겠습니다."

찬삼은 주황색 딱정벌레와 함께 길에 올랐다. 엔진 소리는 경쾌하고, 속도도 빨리 낼 수 있었다.

그날 이후, 여행의 풍경은 달라졌다. 김찬삼은 우정 2호와 함께 독일의 아우토반을 달렸다. 창밖으로는 숲과 마을이 연속처럼 이어졌고, 지도 위의 점들이 하나의 이야기로 연결되기 시작했다.

국경을 넘을 때마다 사람들은 차를 바라보며 웃었다.

차 안에서 그는 혼잣말을 하곤 했다.

"자, 오늘은 어디까지 가 볼까."

우정 2호는 묵묵히 대답 대신 엔진 소리를 냈다.

"정말 귀여운 차군요."

찬삼은 웃으며 대답했다.

"제 친구입니다."

밤이면 그는 차 옆에서 잠을 잤다. 별빛 아래에서 주황색 차체는 낮보다 더 따뜻한 색으로 빛났다. 그는 차에 기대어 하루를 정리했다. 지도 위의 선이 아니라, 실제로 달린 거리들이 몸에 남아 있었다.

어느 날, 차가 언덕길에서 잠시 멈추었다. 엔진이 숨을 고르는 듯했다. 찬삼은 차에서 내려 조용히 보닛을 두드렸다.

"조금만 더 가 보자."

차는 다시 움직였다. 느리지만 묵묵히.

그 순간 찬삼은 깨달았다. 여행은 혼자의 의지로만 이루어지지 않는다는 것을. 사람과 사람, 사람과 사물 사이의 신뢰가 길을 이어 준다는 것을.

그는 운전석에서 조용히 중얼거렸다.

"고맙다, 우정 2호."

주황색 딱정벌레는 아무 말도 하지 않았지만, 계속해서 앞으로 나아갔다. 그 길 위에서 김찬삼의 여행은 또 다른 얼굴을 얻고 있었다.

이제 그의 여행에는 두 개의 우정이 함께하고 있었다. 사람과 그리고 길 위의 작은 친구와.

그는 이전보다 더 많은 곳에 멈출 수 있었다. 길가의 작은 마을, 이름 없는 호수, 우연히 만난 사람들. 자동차는 속도를 내기 위한 도구가 아니라, 멈추기 위한 이유가 되어 주었다.

아침 햇살이 사막 위로 퍼질 때, 주황색 딱정벌레는 이미 길 위에 있었다. 밤새 식어 있던 차체는 서서히 따뜻해졌고, 모래 위에는 가느다란 타이어 자국이 이어졌다. 김찬삼은 운전대를 잡은 채 잠시 숨을 고르며 지평선을 바라보았다. 끝이 보이지 않는 풍경 앞에서도 그는 두렵지 않았다. 옆에는 우정 2호가 있었기 때문이다.

사막의 길은 지도보다 훨씬 느렸다. 바람은 방향을 바꾸며 모래를 옮겼고, 길이라 불리던 흔적은 어느새 사라지곤 했다. 엔진 소리는 작았지만 꾸준했다. 찬삼은 차에 말을 걸듯 중얼거렸다.

"오늘은 어디로 가죠?"

차가 대답할 리는 없었지만, 찬삼은 상상했다. 만약 이 차가 말을 할 수 있다면, 분명 이렇게 물었을 것이다. 그는 미소를 지으며 답했다.

"바람이 부는 쪽으로."

사막을 지나자 세상은 갑자기 하얘졌다. 설원이었다. 눈은 모든 소리를 삼켜 버린 듯 고요했고, 하늘과 땅의 경계마저 흐릿했다. 찬삼은 두꺼운 외투를 여미며 차를 천천히 몰았다. 바퀴가 미끄러질 때마다 가슴이 철렁했지만, 그는 서두르지 않았다.

"천천히 가자."

그 말은 차에게 하는 말이면서 동시에 자신에게 하는 다짐이었다. 여행은 속도가 아니라 균형이라는 것을 그는 이미 알고 있었다.

국경을 넘을 때면 늘 긴장이 따랐다. 낡은 자동차, 낯선 동양인의 얼굴, 가득 찬 노트와 지도. 경비병들은 의심의 눈초리로 차를 둘러보았다.

"어디서 왔소?"

"멀리서요."

"어디로 가는 거요?"

찬삼은 잠시 생각하다가 솔직하게 대답했다.

"아직 모릅니다."

그 대답에 경비병들은 어이없다는 듯 웃거나, 고개를 갸웃했다. 그러나 이상하게도 대부분의 국경은 그렇게 열렸다. 확실한 목적지보다 중요한 것이 흔들리지 않는 태도라는 것을 찬삼은 느꼈다.

밤이 되면 그는 차 옆에서 불을 피웠다. 사막에서는 별이 쏟아질 듯 내려왔고, 설원에서는 달빛이 눈 위에 길을 만들었다. 그는 보닛에 기대어 노트를 펼쳤다. 오늘 달린 거리, 만난 사람들, 차가 힘들어 했던 순간들. 모든 것이 기록되었다.

어느 날은 엔진이 멈췄다. 아무리 시동을 걸어도 차는 움직이지 않았다. 찬삼은 한숨을 내쉬고 차 앞에 앉았다.

"괜찮아."

그는 도구를 꺼내 조심스럽게 손을 움직였다. 손은 얼어붙고 기름으로 더러워졌지만, 그는 포기하지 않았다. 해가 기울 무렵, 엔진은 다시 숨을 쉬기 시작했다.

그 순간, 찬삼은 크게 웃었다.

"우리가 해냈어."

그 웃음은 차를 향한 것이면서 자신을 향한 것이기도 했다.

길 위에서 만난 사람들은 차를 보고 먼저 다가왔다. 아이들은 손을 흔들었고, 어른들은 추억을 이야기했다.

"예전에 이런 차를 탔지."

그 말 속에는 각자의 길이 담겨 있었다. 찬삼은 그 이야기들을 들으며 알게 되었다. 길은 혼자만의 것이 아니라, 수많은 기억이 겹쳐진 자리라는 것을.

사막, 설원, 국경. 서로 다른 풍경이었지만, 차 안에서 바라본 세상은 하나로 이어져 있었다. 운전석에 앉은 찬삼의 시선은 늘 앞으로 향했지만, 마음은 언제나 사람들에게로 돌아갔다.

그는 문득 생각했다. 만약 이 차가 정말 말을 할 수 있다면, 이제는 자신에게 이렇게 말할지도 모른다고.

"오늘도 잘 달렸어요."

찬삼은 조용히 고개를 끄덕였다.

"그래, 덕분에."

주황색 딱정벌레는 여전히 느렸고, 여전히 작았다. 그러나 그 차가 달린 길은 어느새 세계를 가로지르고 있었다. 김찬삼의 여행은 그렇게 바람을 따라 계속 이어지고 있었다. 길이 있는 곳마다 우정 2호와 함께.

김찬삼은 인기 강사가 되었다. 강연장의 불이 하나둘 켜지면 김찬삼은 늘 잠시 숨을 고른 뒤 단상에 섰다. 마이크 앞에 서는 일은 사막을 건너는 것과는 또 다른 긴장이 있었다. 수백 쌍의 눈이 그를 바라보고 있었다. 학생들, 교사들, 때로는 아이의 손을 잡고 온 부모들까지. 그들의 눈에는 공통된 질문이 담겨 있었다.

'정말로 세상을 걸어다녔다는 사람이 맞을까?'

찬삼은 그 시선을 피하지 않았다. 그는 가방에서 낡은 노트를 꺼냈다. 모서리가 닳고, 곳곳에 얼룩이 남아 있었다.

"이건 제 교과서입니다."

사람들 사이에서 작은 웃음이 흘렀다. 그러나 찬삼은 이어서 조용히 말했다.

"여러분에게 제가 만든 교과서를 보여줄게요."

그는 사진을 한 장씩 보여 주었다. 안데스 고원의 아이들, 아마존강의 물안개, 아프리카 밀림의 밤. 사진 속 풍경은 화려하지 않았지만, 그 안에는 사람이 있었다. 웃는 얼굴, 일하는 손, 서로 기대어 있는 어깨들.

"지도만으로는 세계를 알 수 없습니다."

강연하는 김찬삼

그 말에 강연장은 잠시 조용해졌다. 학생들은 숨을 죽인 채 화면만을 바라보았다. 찬삼은 그들의 눈빛이 변하는 것을 느꼈다. 처음에는 '구경'이었고, 그다음에는 '궁금함'이었으며, 이제는 '연결'이었다.

학교 교실에서도 상황은 같았다. 칠판 앞에 서면 그는 먼저 분필을 내려놓았다.

"오늘은 외우지 않아도 됩니다."

학생들은 서로 얼굴을 보며 웃었다.

"대신 상상해 봅시다."

그는 학생들에게 질문을 던졌다.

"만약 여러분이 이 강 옆에서 산다면, 어떤 하루를 보내게 될까요?"

학생들은 손을 들고 제각각 대답했다.

"배를 탈 것 같아요."

"고기를 잡을 것 같아요."

"강물을 바라보며 조용히 명상을 할 것 같아요."

찬삼은 고개를 끄덕였다.

"그게 바로 지리입니다."

지리는 숫자와 이름이 아니라, 삶의 방식이라는 것을 그는 학생들에게 전하고 싶었다. 나라의 크기보다 중요한 것은 그 안에서 사람들이 어떻게 살아가는지였다.

강연이 끝난 뒤, 학생 한 명이 다가와 물었다.

"선생님, 그러면 저도 여행자가 될 수 있어요?"

찬삼은 학생의 눈높이에 맞춰 몸을 낮췄다.

"이미 시작했단다."

"아직 한 번도 외국에 안 가 봤는데요."

"괜찮아."

찬삼은 웃으며 말했다.

"길은 멀리만 있는 게 아니거든."

그날 밤, 찬삼은 숙소에서 조용히 노트를 펼쳤다. 오늘 만난 아이들의 얼굴이 떠올랐다. 반짝이던 눈, 질문을 던지던 목소리. 그는 깨달았다. 자신이 다시 길을 걷고 있다는 것을. 비행기나 자동차가 아니라 이야기로.

그의 여행은 이제 혼자만의 것이 아니었다. 말이 되고, 책이 되고, 질문이 되어 아이들 속으로 들어가고 있었다.

창밖에서 바람이 불었다. 찬삼은 미소를 지었다.

'그래, 세계는 아직도 배우고 있구나.'

그리고 그는 알았다. 자신이 평생 찾던 교과서는 이미 완성되어 있다는 것을.

그 교과서는 사람 위에 있었고, 아이들의 눈 속에서 오늘도 조용히 펼쳐지고 있었다.

14. 영종도의 바다 언덕

영종도의 바다는 늘 같은 자리에 있었지만, 김찬삼에게는 매번 다른 얼굴로 다가왔다. 여행을 마치고 돌아올 때마다 그는 바다가 보이는 언덕 위의 집으로 향했다. 공항에서 멀지 않은 길, 비행기가 낮게 날아가는 소리가 들리는 곳이었다.

집은 크지 않았다. 화려한 장식도 없었다. 그러나 창을 열면 바다가 한눈에 들어왔고, 날씨가 좋은 날이면 수평선 너머로 배들이 천천히 움직이는 모습이 보였다. 찬삼은 그 풍경을 오래 바라보곤 했다. 떠났던 모든 길이 결국 이 바다로 돌아오는 듯했기 때문이다.

어느 날 찾아온 제자가 물었다.

"선생님은 왜 이곳을 고르셨어요?"

찬삼은 잠시 생각하다가 웃으며 대답했다.

"언제든 떠날 수 있어서."

제자는 고개를 갸웃했다.

"이미 충분히 다니셨잖아요."

찬삼은 바다를 향해 시선을 두고 천천히 말했다.

"길은 다니는 횟수로 끝나지 않거든."

바닷바람이 언덕 위를 스쳤다. 소금기 섞인 공기가 옷자락을 흔들었다. 찬삼은 마치 오래된 친구의 어깨를 두드리듯 바다를 바라보았다. 인천의 부둣가에서 처음 꿈을 꾸던 어린 시절이 겹쳐졌다. 외국 배들을 올려다보며, 세상이 얼마나 넓은지 상상하던 소년의 모습이었다.

이곳에서는 아침마다 비행기가 뜨는 소리를 들을 수 있었다. 그 소리는 찬삼에게 알람과도 같았다. 아직도 길은 열려 있고, 세상은 움직이고 있다는 신호였다. 그는 더 이상 배낭을 메지 않아도, 그 소리만으로 마음속 여행을 시작할 수 있었다.

마루에 앉아 있으면 지나간 사람들이 떠올랐다. 아버지의 손, 형의 일기장, 슈바이처 박사의 눈빛, 올가 여사의 주황색 딱정벌레, 그리고 수많은 이름 없는 얼굴들. 그들은 모두 그의 길 위에 있었다.

찬삼은 노트를 펼쳐 짧은 글을 적었다.

'다리는 늙지 않는다. 마음이 먼저 멈출 뿐이다.'

그는 노트를 덮고 다시 바다를 바라보았다. 오늘은 떠나지 않지만, 떠날 준비는 되어 있었다. 그것이 이 집을 선택한 이유였다. 돌아옴과 떠남이 동시에 가능한 자리.

해질 무렵, 바다는 붉게 물들었다. 찬삼은 조용히 일어나

영종도 여행문화원에서 바라본 바다

언덕길을 걸었다. 발밑의 흙과 풀의 감촉이 여전히 생생했다. 그는 알았다. 자신이 더 이상 세계를 건너지 않아도, 세계는 이미 그의 안에 있다는 것을.

그러나 만약 누군가가 다시 묻는다면, 그는 같은 대답을 할 것이다.

"언제든 떠날 수 있어서."

영종도의 바다 언덕 위에서 김찬삼의 여행은 그렇게 끝나지 않은 채 머물러 있었다. 바람이 부는 한, 길은 계속될 것이므로.

영종도의 바다 언덕 아래, 또 하나의 집이 천천히 숨을 쉬기 시작했다. 집이라기보다는 이야기가 모여 만든 공간에 가까웠다. 김찬삼은 그곳을 세계여행문화원이라 불렀다. 여행이 끝난 자리에 세운 곳이 아니라, 여행이 계속 자라나도록 남겨 둔 자리였다.

문을 열고 들어서면 가장 먼저 눈에 띄는 것은 주황색 자동차였다. 우정 7호, 폭스바겐 딱정벌레는 한가운데에 조용히 놓여 있었다. 바퀴에는 아직도 먼 길의 흔적이 남아 있었고, 차체에는 햇볕에 바랜 색이 고스란히 스며 있었다.

"이 차로 세계를 다니셨어요?"

아이 하나가 눈을 크게 뜨고 물었다.

"물론이지."

찬삼은 웃으며 차를 쓰다듬었다.

"이 아이 덕분에 많은 길을 만났지."

벽면에는 사진들이 가득 걸려 있었다. 안데스의 고원, 아마존의 강물, 아프리카 밀림의 새벽, 사막의 별빛. 사진 옆에는 짧은 글들이 붙어 있었다. 날짜와 장소, 그리고 그날 만난 사람들의 이야기. 아이들은 사진 앞에서 쉽게 발걸음을 떼지 못했다.

지도가 놓인 방에서는 더 큰 웅성거림이 일었다. 바닥부터 천장까지 이어진 세계지도에는 작은 표시들이 촘촘히 찍혀 있었다. 아이들은 손가락으로 바다를 건너고 산을 넘었다.

"여기 다 가 보셨어요?"

아이의 질문에 찬삼은 잠시 지도를 바라보았다. 지도 위에는 수많은 길이 겹쳐져 있었지만, 빈자리도 여전히 남아 있었다.

김찬삼이 세운 영종도 세계여행문화원

찬삼은 아이들 곁에 앉아 천천히 말했다.

"세상은 계속 변하거든. 내가 다녀온 곳도 다시 가면 또 다른 모습일 거야."

그 말에 아이들은 서로 얼굴을 보며 고개를 끄덕였다. 누군가는 다시 지도를 바라보았고, 누군가는 노트를 꺼내 무엇인가를 적기 시작했다.

문화원의 한쪽에는 작은 책장이 있었다. 그곳에는 김찬삼이 쓴 책들과 함께 아이들이 남기고 간 여행 일기가 꽂혀 있었다. 먼 나라가 아니라 동네 시장 이야기, 할머니 집까지의 길, 처음 혼자 탄 버스에 대한 기록들.

"이것도 여행이에요?"

"그럼."

찬삼은 단호하게 말했다.

"아주 중요한 여행이지."

해 질 무렵, 문화원 창으로 붉은 빛이 스며들었다. 아이들은 하나둘 집으로 돌아갈 준비를 했다. 문을 나서며 한 아이가 뒤돌아 말했다.

"선생님, 저도 여행가가 될래요."

찬삼은 아이의 머리를 가볍게 쓰다듬었다.

"좋지 열심히 준비하면 반드시 꿈을 이룰 수 있지."

그리고 조용히 덧붙였다.

"여행가가 되려면 우선 체력을 길러야 해. 잘 걸어야 하거든."

문이 닫히고 문화원은 다시 고요해졌다. 찬삼은 홀에 서서 자동차와 사진, 지도들을 둘러보았다. 이곳은 그의 과거였고, 동시에 아이들의 미래였다.

그는 알았다. 이 집이 완성되는 날은 결코 오지 않을 것이라는 것을. 왜냐하면, 꿈은 언제나 다음 길을 향해 열려 있으므로.

15. 끝나지 않은 여행

아침 햇살이 박물관 유리창을 타고 들어왔다. 빛은 천천히 바닥을 건너와 주황색 자동차 위에 머물렀다. 우정 2호는 그 자리에서 조용히 서 있었다. 더 이상 먼지를 뒤집어쓰지 않았고, 국경의 도장도 필요 없었지만, 차체에는 여전히 길의 시간이 남아 있었다.

사람들은 이곳을 박물관이라 불렀다. 그러나 김찬삼을 아는 이들은 알고 있었다. 여기는 끝이 아니라 쉼표라는 것을. 여행이 잠시 숨을 고르는 자리라는 것을.

아이들이 하나둘 들어왔다. 손에는 안내 책자, 가방에는 간식과 연필. 아이들은 가장 먼저 우정 2호 앞에 멈춰 섰다. 둥근 헤드라이트와 바랜 주황색이 마치 인사를 건네는 듯했다.

"이 차가 진짜로 세계를 다녔다고요?"

"물론이지. 딱정벌레를 닮아서 귀엽지 않니?"

옆에 서 있던 안내자가 고개를 끄덕였다.

"이 차는 사람을 데리고 길을 달렸고, 이야기를 데리고 돌아왔단다."

　아이들은 차 주위를 천천히 돌았다. 바퀴를 바라보고, 손잡이를 바리보고, 유리 너머로 운전석을 들여다보았다. 누군가는 상상했다. 사막의 모래가 바퀴에 붙던 순간을, 설원의 눈이 차체에 내려앉던 밤을.

　한쪽 벽에는 사진들이 걸려 있었다. 안데스의 고원, 아마존의 강, 아프리카의 숲, 터키의 성벽. 사진 아래에는 짧은 문장들이 있었다. 날짜와 장소, 그리고 그날의 마음.

　'바람이 부는 쪽으로.'

　아이 하나가 그 문장을 소리 내어 읽었다.

　"바람이 부는 쪽이 어디예요?"

　어른들은 잠시 서로를 바라보다가 웃었다. 정확한 대답은 없었다. 그러나 모두가 알고 있었다. 그 질문 자체가 이미 길 위에 있다는 것을.

　박물관 한가운데에는 낡은 배낭이 놓여 있었다. 가볍게 여민 지퍼, 오래 쓴 손잡이. 배낭 옆에는 노트 한 권이 펼쳐져 있었다. 마지막 장에는 연필로 적힌 문장이 보였다.

　'다리는 늙지 않는다.'

　아이들은 그 문장을 읽고 고개를 갸웃했다.

　"사람은 늙잖아요."

　"그래."

　누군가가 말했다.

"하지만 길을 향한 마음은 늙지 않는대."

그 말에 아이는 다시 노트를 바라보았다. 그리고 천천히 고개를 끄덕였다.

잠시 후, 아이 하나가 우정 2호 앞에서 멈춰 섰다. 한참을 바라보다가 아주 조심스럽게 물었다.

"이제 어디로 가요?"

질문은 공기 속에 남았다. 아무도 바로 대답하지 않았다. 박물관은 조용했고, 햇살은 여전히 차 위에 머물러 있었다.

바다는 그날따라 유난히 맑았다. 햇빛은 물속 깊이까지 스며들어 산호 위를 천천히 미끄러지고 있었다. 물고기들은 마치 크레파스로 그려 놓은 것처럼 선명한 빛을 띠고 있었다. 김찬삼은 피지의 작은 섬, 이름도 지도에 작게 적힌 마을의 부두 끝에 서서 한참 그 바다를 바라보았다.

피지는 330여 개의 섬으로 이루어진 나라이다. 새하얀 산호 모래 해변과 해변을 따라 늘어선 코코넛 야자숲이 눈길을 사로잡았다. 1969년 12월에 시작된 그의 세 번째 세계 일주가 어느덧 끝자락에 다다르고 있었다.

12개월 동안 동남아시아와 남태평양을 돌며 그는 수없이 걷고, 타고, 묵고, 기록했다. 섬은 그의 여행이 조용히 숨을 고르는 곳처럼 느껴졌다.

섬의 공기는 부드러웠다. 뜨거운 햇볕 아래에서도 숨이 막

피지 해변

히지 않았다. 바람은 늘 바다와 숲의 냄새를 함께 실어 나르며 그의 뺨을 스쳤다. 야자수 잎이 부딪히는 소리는 마치 누군가 낮게 노래를 부르는 것 같았다. 숲에서는 이름 모를 새들이 짧고 경쾌한 울음으로 아침을 열었다.

김찬삼은 신발을 벗고 모래 위를 걸었다. 모래는 생각보다 따뜻했고, 발바닥 아래에서 사각사각 소리를 냈다.

"땅이 살아있구나."

그는 혼잣말처럼 중얼거렸다.

여행을 하며 그는 늘 땅의 온도를 느끼는 버릇이 생겼다. 땅이 차가운 곳에서는 사람들의 말투도 조심스러웠고, 땅이 따뜻한 곳에서는 웃음이 먼저 나왔다.

피지는 분명 따뜻한 땅이었다. 부두 옆에는 작은 마을이 있었다. '부레'라고 부르는 집들은 대부분 풀과 야자잎으로 지붕을 얹고, 나무와 대나무로 벽을 만들었다. 벽에는 조개껍데기와 꽃 장식이 걸려 있었다.

아이들은 맨발로 뛰어다니며 서로를 불렀고, 어른들은 그 모습을 보며 잔잔한 미소를 지었다.

"불라."

한 여인이 밝게 인사했다.

그는 이 말이 피지에서 '안녕하세요'이자 '잘 오셨어요'라는 뜻이라는 것을 이미 알고 있었다.

"불라."

김찬삼도 활짝 웃으며 말했다.

말은 짧았지만, 그 안에는 환영과 호기심, 그리고 다정함이 함께 담겨 있었다.

여인은 그를 마을 중앙의 큰 나무 아래로 안내했다. 그곳에는 이미 몇 사람이 모여 있었고, 가운데에는 나무로 만든 그릇이 놓여 있었다.

"카바예요."

카바는 피지 사람들이 중요한 손님을 맞을 때 나누는 음료였다. 뿌리를 말려 갈아 만든 이 음료는 쌉쌀했지만, 이상하게도 마시고 나면 마음이 차분해졌다.

김찬삼은 두 손으로 그릇을 받아 천천히 마셨다. 사람들은 그가 마시는 모습을 조용히 지켜보다가, 그가 고개를 끄덕이자 함께 웃었다.

말은 많지 않았지만, 침묵조차 어색하지 않았다. 그때, 어제 부두에서 만났던 소년이 다가왔다.

소년의 이름은 라자였다.

"미스터는 왜 이렇게 먼 데까지 왔어요?"

소년의 질문은 꾸밈이 없었다.

김찬삼은 잠시 생각하다가 말했다.

"세상이 얼마나 넓은지 알고 싶었단다."

"넓어요?"

소년은 두 팔을 크게 벌렸다.

"이 섬보다?"

"비교할 수 없을 만큼."

소년은 잠시 바다를 바라보다가 말했다.

"그럼 미스터는 다 보고 나면 돌아가요?"

김찬삼은 고개를 끄덕였다.

"그래. 돌아가서 이야기할 거야."

"무슨 이야기요?"

"여기서 만난 사람들 이야기. 네 이야기."

소년은 눈을 크게 뜨더니 갑자기 웃었다.

"그럼 나도 여행한 거네요."

그 말에 김찬삼은 크게 웃었다.

"그래, 아주 멋진 여행이지."

다음 날, 그는 마을 사람들과 함께 숲으로 들어갔다.

피지의 숲은 조용하지 않았다. 잎사귀 사이로 빛이 쏟아지고, 벌레와 새, 바람이 끊임없이 말을 걸어왔다.

"이 나무는 약이 돼요."

한 노인이 나무껍질을 가리켰다.

"이 꽃은 밤에만 향기가 나요."

아이 하나가 꽃을 조심스럽게 보여주었다.

"꽃 이름은?"

"야래향 쟈스민이라고 해요."

"별 모양을 닮았네. 밤에만 피는 별꽃. 야래향 쟈스민."

김찬삼은 노트에 적지 않고 마음에 새겼다.

글자로 옮기지 않아도 되는 기억들이 있다는 것을, 그는 이미 알고 있었다. 밤이 되자 섬은 또 다른 얼굴을 드러냈다.

불빛은 거의 없었고, 대신 별이 가득했다. 찬삼은 하늘을 올려다보다가 한동안 말을 잃었다.

"이렇게 많은 별은 처음이에요."

그가 말하자, 마을의 한 남자가 고개를 끄덕였다.

"별은 항상 있었어요. 우리가 보지 못했을 뿐이죠."

그 말은 여행 내내 그가 배운 진실과 같았다.

오두막 안에서 그는 마지막 여행 기록을 적었다.

'피지는 나에게 멈추는 법을 가르쳐 주었다.

걷지 않아도, 말하지 않아도, 사람은 서로를 이해할 수 있다는 것을.'

파도 소리가 자장가처럼 들려왔다. 1970년 12월, 그는 섬을 떠났다.

라자는 작은 조개껍데기를 손에 쥐어 주었다.

"잊지 마세요."

"잊지 않을게."

배가 멀어질수록 섬은 작아졌지만, 그의 마음속에서는 오히려 더 커졌다.

1972년 4월, 그의 세 번째 여행은 『세계의 나그네』라는 책으로 세상에 나왔다.

그 책 속에는 피지의 바다와 숲, 별과 아이들의 웃음이 고스란히 담겨 있었다. 아이들이 책장을 넘길 때마다 김찬삼은 다시 그 섬에 서 있었다.

그로부터 5년 후, 제7차 세계여행으로 찬삼이 향한 곳은 동태평양에 있는 갈라파고스제도였다. 이 섬들은 에콰도르 갈라파고스주에 속한 섬으로 정식 명칭은 "콜론제도"이다. 에콰도르 본토에서 서쪽으로 1,000km 떨어진 곳의 해상에 있는 20여 개의 섬과 암초들로 이루어져 있다. 주민들은 대개 에콰도르인이다.

1535년에 발견된 이후 한동안 해적의 은신처로 이용되었다. 19세기 초에는 고래잡이와 물범잡이의 근거지가 되었다. 1832년 에콰도르가 영유권을 선언했다. 생물학자 찰스 다윈의 자연도태설을 형성하는 데 도움을 준 곳이기도 하다. 갈라파고스 동물들은 고유종 비율이 높고, 대륙에서는 멸종된 동물이 잔존 생물로 남아 있다는 점 등에서 과학적으로 큰 관심을 받고 있다.

몇몇 섬에서 화산 폭발이 있었다. 높은 화산들과 분화구, 절벽들 때문에 경관이 몹시 거칠게 보였다. 이 중 가장 큰 섬은 이사벨라로, 이 제도 전체 면적의 절반 이상을 차지한다. 두 번째로 큰 섬은 산타크루스섬이다.

영국의 생물학자 찰스 다윈이 1835년 이곳의 특이한 동물상을 관찰하고 연구했다. 그는 이를 바탕으로 1859년에 「종의 기원」을 쓰게 되었다.

에콰도르 정부는 1959년 이 제도의 일부 지역을 야생동물 보호구역으로 지정했다. 1968년에 갈라파고스 보호구역은 국립공원이 되었고, 에콰도르 정부가 찰스 다윈 생물학연구소의 도움을 받아 관리하고 있다.

이 연구소는 과학 연구를 촉진하고, 이 지역 고유 식물과 동물들을 보호하려는 목적으로 산타크루스 섬에 세워졌다. 동물상이 특이한 것으로 유명하며, 제도의 이름도 지구상에서 수명이 가장 긴 것으로 생각되는 갈라파고스황소거북(옛 스페인어로 갈라파고)에서 유래되었다.

찰스다윈 생물학연구소

갈라파고스 땅거북

16. 노년의 배낭, 다시 떠난 여로

김찬삼은 나이가 들어서도 길을 놓지 않았다.

사람들은 이제 그에게 묻곤 했다.

"선생님, 아직도 여행을 다니세요?"

그럴 때마다 그는 잠시 웃으며 이렇게 대답했다.

"길이 나를 부르는데, 안 갈 수 있나요."

1990년대에 들어서도 그의 여행은 멈추지 않았다.

배낭은 조금 가벼워졌고 걸음은 예전보다 느려졌지만, 그의 눈빛만은 여전히 새로운 땅을 향해 반짝였다.

그는 지도를 펼칠 때마다 어린아이처럼 설레고, 낯선 나라의 이름을 소리 내어 읽는 것을 좋아했다.

"중국, 인도, 중앙아시아……."

그 이름들은 오래된 이야기책 속 주문처럼 그의 마음을 두드렸다. 그저 오래전부터 마음에 남아 있던 땅들을 직접 보고 싶었을 뿐이었다.

영종도의 바다 위로 연한 안개가 깔리고, 바람에는 아직 겨울의 차가움이 남아 있었다. 김찬삼은 오래된 배낭을 꺼내 마루 위에 올려 두었다. 한때는 가볍게 들고도 사막과 밀림을 넘던 배낭이었지만, 이제는 손잡이를 잡는 데 잠시 숨을 고르게 만들었다.

그는 배낭 안에 물건을 하나씩 넣었다. 노트, 연필, 얇은 옷, 낡은 지도 한 장. 예전보다 짐은 훨씬 줄었지만, 넣고 빼는 손길은 더 조심스러웠다. 물건의 무게보다 시간이 쌓인 무게를 알고 있었기 때문이다.

마당에 서 있던 제자가 조심스럽게 물었다.

"선생님, 이제 좀 쉬셔야 하지 않겠어요?"

찬삼은 잠시 배낭을 내려놓고 바다를 바라보았다. 수평선 너머로 배 한 척이 느리게 지나가고 있었다. 그는 그 배를 보며 미소 지었다.

"여행은 나를 쉬게 해 준다네."

제자는 아무 말도 하지 못했다. 그 말이 단순한 고집이 아니라, 평생 살아온 방식이라는 것을 알고 있었기 때문이다.

1992년 3월, 김찬삼은 60대 후반의 나이에 다시 길에 올랐다. 여행의 주제는 '가자! 해를 따라 서쪽으로'였다. 이번 여행은 중국을 시작으로 아시아를 거쳐 구라파(歐羅巴)[6]를 답사하는 코스로, 명칭은 '아구답사'였다.

---

6) 유럽(Europe)의 음역어로, 한자식 표기이다.

아구답사단(가운데 김찬삼 단장, 조영선 회장)

정식 답사단 5명과 촬영팀 3명, 자동차 정비사 1명, 모두 9명으로 구성되었다. 그들은 인도에서부터는 현대자동차에서 대여해 준 갤로퍼 2대를 이용했다. 답사 단장은 김찬삼이고, 숙명여고 제자 조영선(서울여행협회 회장)이 함께했다.

아구답사단의 출발지는 인천항 국제여객터미널이었다. 인천항 선착장에서 카페리를 타고 중국 산둥성 웨이하이(威海)로 갔다. 찬삼은 특별한 경우가 아니면 비행기를 이용하지 않았다. 배나 기차, 자동차, 오토바이 등을 타거나 도보를 택했다.

무려 4개월 동안 공자의 고향, 산둥성(山東省), 중국 문명의 발상지 허난성(河南省), 만리장성이 지나고 장가계로 유명해진 허베이성(河北省), 소수민족이 많은 윈난성(云南省), 판다의 고향 쓰촨성(四川省), 산악지대인 구이저우성(贵州省)[7], 사막이 펼쳐진 실크로드 중심 지역인 간쑤성(甘肃省), 칭하이호로 유명한 티베트 고원 북쪽 칭하이성(青海省), 최고 고원지대로 히말라야 사맥이 있는 티베트 자치구(西藏自治区) 등을 답사했다. 티베트 고원 북쪽 에 있는 해발 5,000미터가 넘는 곤륜산에도 올랐다. 신장 위구르 자치구(新疆維吾爾自治區)에 있는 지구촌에서 가장 낮은 소금 호수 아이딩호에도 가 보았다.

네팔은 힌두교와 불교가 공존하는 나라로, 카트만두가 수도이다. 이곳에는 사원과 유적지가 많은데, 원숭이 사원으로 불리는 스와얌부나트 사원과 파슈파티나트 사원이 유명하다. 트레킹과 등산으로 알려진 안나푸르나 지역은 많은 여행자들이 찾는다.

찬삼은 답사국의 수도에 가면 꼭 그 나라의 국립묘지를 찾는다. 자신의 나라를 위해 목숨을 바친 혼령들에게 묵념을 하고 분향을 한다. 그리고 방명록에 서명하고 헌금을 하는 것도 잊지 않는다. 그는 동쪽인 고국을 향해 세 번 절하고, 만세 삼창을 한다. 처음엔 서먹해하던 단원들도 그의 행동을 자연스럽게 따라 하게 되었다.

"조회장! 외국에 나오면 다 애국자가 된다는 말이 있어요. 우리 단가를 한번 불러야지요."

---

7) 윈난성, 쓰촨성, 구이저우성을 엽서처럼 아름다운 풍경이 많은 지역이라 하여 '엽서성(葉書省)'이라 부르기도 한다.

찬삼의 갑작스런 말에 조영선 회장이 뜨악한 표정을 지었다.

"단장님, 우리 단가가 뭐죠?"

"단가가 따로 있나? 마음을 모아 함께 부르면 단가가 되지."

한삼은 '우리의 소원'을 소리 높여 부르기 시작했다. 함께 간 단원들도 목청껏 따라 불렀다.

인도의 6월은 몹시 무더웠다. 열차는 늘 사람들로 가득 차 있었다. 문은 닫히지 않았고, 창문에는 얼굴과 짐이 뒤섞여 매달려 있었다. 김찬삼은 천천히 발을 옮기며 객차 안으로 들어섰다. 일흔의 몸은 예전처럼 민첩하지 않았지만, 그는 서두르지 않았다. 길은 기다려 준다는 법을 이미 배워 두었기 때문이다.

열차가 움직이기 시작하자, 철로 위에서 리듬 같은 흔들림이 전해졌다. 창밖으로는 들판과 마을이 번갈아 스쳐 지나갔다. 아이들이 손을 흔들었고, 여인들은 머리에 바구니를 이고 걸었다. 찬삼은 그 풍경을 놓치지 않으려 눈에 담았다.

그때였다. 갑작스러운 흔들림과 함께 몸이 앞으로 쏠렸다. 누군가의 어깨와 부딪히고, 손잡이를 놓친 순간, 세계가 잠시 기울었다.

"조심하세요!"

사람들의 외침이 들렸지만, 이미 늦었다. 찬삼은 바닥에 쓰러졌고, 가슴 쪽에 날카로운 통증이 번졌다. 열차는 멈추지 않았고, 사람들은 다시 제자리를 찾았다. 그는 한동안 움직일

인도의 역

수 없었다.

역에 도착했을 때, 몇몇 사람들이 그를 부축했다. 찬삼은 이를 악물고 일어섰다. 다리와 가슴은 아팠지만, 마음은 이상하리만치 고요했다.

'길 위에서는 이런 날이 있지.'

작은 병원에서 치료를 받으며 그는 천장을 바라보았다. 낯선 언어가 오갔고, 소독약 냄새가 코끝을 찔렀다. 의사는 휴식을 권했다.

"당분간 이동은 피하세요."

찬삼은 고개를 끄덕였다. 그러나 그 말이 여행의 끝을 의미하지는 않는다는 것을 그는 알고 있었다. 찬삼은 탐사 단장으로 임무를 포기할 수 없었다. 가끔씩 머리가 지끈 아파오고, 간간이 가슴 통증이 있었지만 이를 악물며 참았다. 부러졌을 것 같은 갈비뼈도 점차 아물었는지 가슴 통증도 가라앉았다. '해를 따라 서쪽으로' 탐방은 순조롭게 지속되었다.

9월 어느 날, 찬삼은 터키(튀르키예)의 앙카라 성벽 앞에 서 있었다.

"터키는 우리와 피로 맺은 형제의 나라입니다. 6·25전쟁 때 3개 여단이 1년 단위로 교대하며 UN군으로 참전하여 우리나라를 도왔어요. 5,000명 내외의 전투 병력을 유지하였고, 총 21,000여 명의 튀르키예 군인이 한국 땅을 밟았어요. 우리는 터키의 은혜를 결코 잊어서는 안 됩니다."

찬삼은 피곤한데에도 불구하고 열변을 토했다. 몸은 여전히 완전하지 않았고, 걸음은 느렸다. 앙카라 성벽은 오랜 세월의 무게를 그대로 안고 서 있었다. 수많은 전쟁과 지진, 사람들의 발걸음을 견뎌 온 역사의 숨결이 서린 벽이었다.

찬삼은 성벽에 손을 얹었다. 차가운 돌의 감촉이 전해졌다.

"역사는 기록이지. 오래도록 지켜왔구나."

찬삼은 혼잣말처럼 중얼거렸다. 갑자기 머리가 어지러웠다. 찬삼은 정신을 잃고 성벽에 머리를 부딪혔다. 찬삼은 주저앉았고, 어렴풋이 사람들이 웅성거리는 소리가 들렸다. 단원들이 놀라서 달려왔다.

"선생님, 괜찮습니까?"

앙카라 성벽

“단장님, 빨리 병원으로 가야겠어요!”

찬삼은 엷은 미소를 보이며 괜찮다고 대답했다.

그는 잠시 앉아 숨을 골랐다. 몸은 분명히 상처를 입고 있었다. 이전처럼 하루 종일 걷는 것은 어려웠다. 그러나 마음 속에서는 여전히 길이 이어지고 있었다.

노트를 꺼내 짧게 적었다.

‘이젠 예전과 같지 않구나. 발걸음은 멈출 수 있어도, 길을 향한 마음은 멈추지 않는다.’

주변을 지나던 아이가 그를 바라보다가 물었다.

“아저씨, 아파요?”

찬삼은 웃으며 고개를 끄덕였다.

"조금."

"그럼 왜 여기 있어요?"

그 질문에 찬삼은 잠시 생각했다.

"여기가 길 위라서."

아이의 얼굴에 이해하지 못한 표정이 스쳤지만, 곧 웃음으로 바뀌었다.

해가 기울 무렵, 성벽 위로 붉은빛이 번졌다. 찬삼은 그 빛을 오래 바라보았다. 오늘은 더 이상 걷지 않아도 괜찮았다. 오늘도 길 위에 있었으니까.

그는 알았다. 언젠가는 발걸음이 완전히 멈출 날이 올 것이다. 그러나 그날이 와도 자신은 여전히 여행자일 것이다.

몸은 상처를 입었지만, 마음은 여전히 길 위에 있었다. 그리고 그 길은 끝이 보이지 않았다.

귀국 비행기가 김포공항 활주로에 내려앉던 날, 김찬삼은 창밖을 오래 바라보고 있었다. 구름 아래로 보이는 땅은 분명 그가 수십 년을 살아온 조국이었지만, 낯설게 느껴졌다. 실크로드의 모래바람, 인도의 붉은 흙길, 터키 앙카라의 돌성벽이 아직 몸 안에서 빠져나가지 못한 채 남아 있었기 때문이다.

"선생님, 괜찮으세요?"

옆자리 승무원이 조심스레 말을 걸었다.

그는 대답하려 했으나, 입술만 움직였다. 소리는 나오지 않았다. 혀가 생각보다 느리게 반응했고, 머릿속 문장은 완성되었으나 바깥으로 나오는 길을 잃은 듯했다. 그 순간, 그는 처음으로 깨달았다.

'이, 이번 여행은 아직 끝나지 않았구나.'

병원 진단은 '일시적 언어장애'였다. 의사는 휴식을 권했고, 가족들은 걱정 어린 눈으로 그를 바라보았다. 그러나 김찬삼은 조급해하지 않았다. 젊은 시절부터 그는 늘 알고 있었다. 길에는 빠른 길도 있지만, 반드시 천천히 가야 하는 길도 있다는 것을.

집으로 돌아온 뒤, 그는 여행 가방을 풀지 않았다. 배낭은 방 한가운데 놓여 있었다. 마치 다음 출발을 기다리는 것처럼.

밤이 되면 그는 지도 앞에 앉았다. 말 대신 연필을 들고, 지나온 경로를 다시 그렸다. 시안에서 시작해 둔황을 지나 사막을 건너 사마르칸트로, 다시 인도의 델리와 바라나시, 이스탄불과 앙카라까지. 선 하나하나에 기억이 매달려 있었다.

여기는 넘어졌던 곳, 여기는 다시 일어났던 곳.

말이 막히자, 기억은 더 선명해졌다. 그는 일기를 쓰기 시작했다. 짧은 문장, 때로는 단어 몇 개뿐이었지만 그 안에는 수십 년 여행의 무게가 담겨 있었다.

'몸은 멈추었으나 길은 아직 이어진다.'

동료 여행자들이 찾아왔다.

"선생님, 이제 쉬셔야죠."

그는 웃으며 고개를 저었다. 말 대신 미소였다. 젊은 시절 세계 어디서나 통했던 그 미소는 지금도 여전히 그의 언어였다.

시간이 흐르며 말은 조금씩 돌아왔다. 그러나 이전처럼 빠르고 유창하지는 않았다. 그는 그 변화를 받아들였다. 말이 줄어든 대신 듣는 시간이 늘어났고, 걷는 대신 바라보는 시간이 길어졌다.

어느 날, 그는 오래된 사진 한 장을 꺼냈다. 안데스 고원에서 찍은 사진이었다. 형의 꿈을 대신 안고 서 있던 젊은 날의 자신. 그리고 또 다른 사진. 주황색 딱정벌레 차 '우정 2호' 옆에서 웃고 있는 중년의 자신.

"여행은 나를 여기까지 데려왔구나."

이번에는 분명하게 자신의 목소리가 들렸다.

창밖으로 저녁노을이 지고 있었다. 그는 천천히 배낭을 닫았다. 완전히 내려놓은 것은 아니었다. 다만 다음 여행을 위해 잠시 쉬어 두는 것이었다. 김찬삼의 여행은 그렇게 침묵 속에서도 계속되고 있었다.

17. 관을 세워 달라

저녁 무렵의 영종도는 조용했다. 바다는 낮보다 어두운 색으로 가라앉아 있었고, 파도 소리는 낮게 숨을 고르듯 이어졌다. 김찬삼은 창가에 앉아 바다를 바라보았다. 예전처럼 오래 서 있지는 못했지만, 앉아 있는 것만으로도 충분했다. 바다는 여전히 그를 떠나지 않았기 때문이다.

가족들이 하나둘 거실에 모였다. 특별한 날은 아니었지만, 찬삼은 오늘은 말을 해야겠다고 생각했다. 언젠가는 해야 할 말이었다.

"얘들아."

모두의 시선이 그에게로 향했다.

"나중에 말이다."

잠시 침묵이 흘렀다. 찬삼은 웃으며 말을 이었다.

"내가 땅속에 묻힐 때 관은 눕히지 말고 세워 줬으면 좋겠다."

순간, 공기가 멈춘 듯했다. 가족들은 서로를 바라보았다.

누군가는 웃음을 터뜨렸고, 누군가는 당황한 표정을 지었다.

"아버지, 갑자기 무슨 말씀이세요."

찬삼은 여전히 바다를 바라본 채 말했다.

"누워서 하늘만 보긴 싫구나."

그 말에 웃음이 먼저 나왔다. 정말 김찬삼다운 말이었다. 평생 누워 있기보다 서서 세상을 보길 택했던 사람. 마지막 순간까지도 방향을 바꾸지 않겠다는 선언 같았다.

"서 있으면 뭐가 보여요?"

손주 하나가 장난스럽게 물었다.

찬삼은 잠시 생각하다가 대답했다.

"길이 보이지."

거실에 있던 웃음은 천천히 잦아들었다. 누군가 고개를 숙였고, 누군가는 손등으로 눈가를 훔쳤다. 웃음과 울음은 그날 같은 자리에 있었다.

찬삼은 가족들을 하나하나 바라보았다. 자신이 떠난 뒤에도 길을 걸을 사람들. 꼭 먼 곳이 아니어도 좋다. 각자의 삶 속에서 한 발씩 내딛는 것, 그것이면 충분했다.

"걱정 말아라."

그는 부드럽게 말했다.

"나는 이미 충분히 봤다."

창밖에서 비행기 한 대가 낮게 날아갔다. 소리는 멀어졌다가 이내 사라졌다. 찬삼은 그 소리를 들으며 미소 지었다. 마치 누군가 대신 길을 떠나는 것 같았다.

그날 밤 가족들은 오래도록 잠들지 못했다. 웃다가 울었고, 울다기 디시 웃었다. 김찬삼은 방 안에서 조용히 노트를 펼쳐 마지막 문장을 적었다.

'나는 끝까지 서서 가고 싶다.'

그는 노트를 덮고 불을 끄며 생각했다. 언젠가 정말로 떠나는 날이 오더라도 자신은 멈추지 않을 것이라고. 서서, 앞을 보고, 길을 향해. 영종도의 바다는 여전히 그 자리에 있었다.

그리고 김찬삼의 여행도 아직 끝난 것처럼 보이지 않았다.

인도와 튀르키예 앙카라의 사고는 심각할 정도는 아니었다. 하지만 김찬삼의 몸은 이미 많이 지쳐 있었다. 그날 이후 그는 예전처럼 말을 잇지 못했고, 기억이 조금씩 어긋나기 시작했다.

1994년이 되자, 김찬삼의 말은 점점 느려졌다. 하고 싶은 이야기는 가득했지만, 말이 길을 잃은 듯 입 밖으로 나오지 않았다.

그는 단어를 찾기 위해 오래 침묵하곤 했다. 알츠하이머라는 이름의 병이 그의 기억을 조금씩 데려갔다. 나라의 이름이 흐려지고, 만났던 얼굴들이 안개처럼 사라졌다. 그러나 이상하게도 길에 대한 기억만은 남아 있었다.

그는 창밖을 보며 중얼거렸다.

"저 길은… 어디로 가는 길이지?"

사람들은 그를 안타깝게 바라보았지만, 그를 오래 알던 사람들은 알고 있었다.

김찬삼은 마지막까지도 여행자였다는 것을. 비록 몸은 더 이상 먼 나라로 가지 못했지만 그의 마음은 여전히 길 위에 있었다.

그가 쓴 책을 읽은 아이들은 지도 위에 손가락을 올려놓고 상상했다.

"나도 저기 가 보고 싶어."

그 순간 김찬삼의 여행은 다시 시작되고 있었다.

2003년 7월 2일, 김찬삼은 77세의 나이로 조용히 세상을 떠났다. 기이하게도 그의 선친과 형, 그리고 그 자신까지 모두 길에서의 사고와 인연을 맺은 채 생을 마쳤다. 마치 한 가족이 모두 길과 함께 살다가 길에서 돌아간 것처럼. 그러나 사람들은 슬퍼하기보다 고개를 끄덕였다.

"그분다운 마지막이었어요."

김찬삼은 떠났지만 길은 남았다. 그가 걸었던 길, 그가 기록한 이야기, 그리고 그가 전해 준 용기는 여전히 살아있었다.

아이들이 책장을 넘길 때마다, 어른들이 낯선 나라의 이름을 입에 올릴 때마다 김찬삼은 다시 배낭을 메고 미소 지으며 길을 나섰다.

길은 끝나는 것이 아니라, 다음 사람에게 건네지는 것임을 그는 마지막까지 몸으로 보여 주었다. 그리고 지금도 어딘가에서 누군가가 첫 여행을 시작할 때, 김찬삼은 조용히 속삭인다.

"겁내지 말고 가 보렴. 세상은 생각보다 넓고, 길은 언제나 너를 기다리고 있단다."

1926년　6월 5일 황해도 신천 출생.

1934년　인천으로 이사(본적지 : 인천 중구 내동 162)

1939년　인천 창영공립심상소학교(현 인천창영초등학교) 졸업(제29회).

1944년　인천공립 인천중학교(현 제물포고등학교) 졸업.

1945년　황해도 해주사범학교 강습과 졸업.

1946년　경성사범대학(서울대학교 사범대학) 예과 문과 입학.

1950년　서울대학교 사범대학 지리학과 졸업(중등학교 정교사 자격증 취득).

1950. 2.~1953. 3.　숙명여자고등학교 지리과 교사.

1953. 4.~1958. 8.　인천고등학교 지리과 교사.

1957년　브라질 세계여행가 페트로 지아노티와 교유.

1958. 9.~1959. 6.　미국 샌프란시스코 주립대학교(SFSU) 대학원 지리학과 1년 수료.

1958. 9.~1961. 7.　제1차 세계여행(북미, 중남미, 중동, 아프리카).

1961. 9.~1963. 2.　경희대학교 출강(문리대 지리학과).

1962. 1.~1967. 6 『세계일주무전여행기-끝없는 여로 Ⅰ』 20판(어문각) 발행.

1962년　김찬삼 세계일주 사진전.

1963. 1.~1964. 8.　제2차 세계여행(동남아, 서남아, 아프리카).

1963년　아프리카 가봉에서 91세 슈바이처 박사 만나 15일간 생활. '한 우물을 파게. 물이
　　　　나올 때까지'를 좌우명으로 삼음.

1965년 5.　『세계일주 무전여행기-끝없는 旅路(여로) Ⅱ』(어문각) 출간.

1965. 11.　'김찬삼 세계일주 사진전'(서울시청 옆 가두게시판).

1965. 3~1982. 2.　세종대학교(수도여자사범대학교) 지리학과 조교수, 부교수, 교수.

1966. 10.　'세계일주 사진 전시회'(신세계백화점전시장).

1968년　국제라이온스협회 반도라이온스 창립 회원, 회장 역임(1977년 6월까지).

1969년　문화재위원회 전문위원(문화공보부). 대한지리학회 이사 감사 및 부회장(1978년 4월까지).

1969. 12.~1970. 12.　제3차 세계여행(동남아, 남태평양 도서지역).

1972년 6.　『세계일주기 1차』, 『끝없는 여로 2차』, 『세계의 나그네 3차』(김찬삼의 세계여행 1~6권,
　　　　삼중당) 출간.

1973. 11.~1974. 3.　제4차 세계여행(아마존 일대).

1975. 12.~1976. 3.　제5차 세계여행(서남아, 아프리카 동부).

1975. 9.　『金燦三의 世界旅行』 전8권 삼중당 출간.

1976년　대한지리학회 부회장 선임.

1976. 7.~9.　제6차 세계여행(북극권 도서지역).

1977. 12.~1978. 3   제7차 세계여행(갈라파고스 제도).

1978. 6.~ 1982. 2. 학교법인 동산육영회(동산중, 고등학교 재단) 제8대 이사장.

1979년   국제라이온스협회 반도라이온스 국제친선위원장 선임.

1981년   『金燦三의 世界旅行』 전10권(삼중당) 출간.

1982. 7.~1983. 1. 제8차 세계여행(중남미, 카리브 도서 현지 조사).

1983. 12.~1984. 2. 제9차 세계여행(남부 아시아 현지 조사).

1984. 3.~1992. 8.   경희대학교 경영대학원 및 문리대 지리학과 출강.

1984. 7.~1984. 9.   제10차 세계여행(동남아 현지 조사).

1986. 12.~1987. 3.   제11차 세계여행(북부 아프리카 현지 조사).

1987. 12.~1988. 2.   제12차 세계여행(북중미 현지 조사).

1987년~1997년 '로고클럽' 회원, 회장 역임.

1989. 6.~1989. 9.   제13차 세계여행(남부 아프리카 현지 조사).

1989. 11.~2003.   서울여행협회 조직, 고문.

1989. 12.~1990. 2.   제14차 세계여행(남극권 도서 현지 조사).

1990. 7.~8. 제15차 세계여행(동구권 현지 조사).

1990. 9.~1994. 2.   서울대학교 사범대 지리교육과 출강.

1991년   한국관광지리학회 고문 위촉.

1991. 1.~2. 제16차 세계여행(인도 현지 조사).

1991. 6.~8. 제17차 세계여행(동구권 현지 조사).

1992. 3.~1993. 2.   제18차 세계여행(중국, 인도, 중앙아시아, 유럽), '해를 따라 서쪽으로'를 주제로
            실크로드를 따라 유럽 대륙의 끝 포르투갈의 카보다로카까지의 대장정(314일,
            73,000Km).

1995. 9. 6.~29.   제19차 세계여행(러시아).

1996. 11.~1997. 2.   제20차 세계여행(동남아시아).

1998년   『황허의 물은 천상에서 흐르고』, 『실크로드를 건너 히말라야를 넘다』(디자인하우스)
         출간.

2001년   '세계여행문화원' 설립(인천광역시 중구 중산동 산75번지, 영종도).

2003년   동숭동 자택에서 별세(7월 2일 향년 77세).

2008년   국민훈장 모란장 추서(세계여행 50주년).